W0109791

Buch

Dieser Band mit poetischen Texten Khalil Gibrans, des Autors des *Propheten*, kreist um drei zentrale Themen dieses Dichters und Philosophen. Da ist zum einen der leidenschaftliche Prophet, der mit dem Zorn und der Verachtung der biblischen Sprache Korruption sowie politische und soziale Mißstände in Syrien zu Beginn dieses Jahrhunderts angreift. Doch Gibran ist zugleich der Dichter der Liebe, der Schönheit, Jugend und Natur, der vor allem die wunderschöne Landschaft seiner libanesischen Heimat mit unvergleichlicher Einfühlsamkeit schildert. Vor allem anderen aber wird er nicht müde, seine Idee von der Wanderung der Seele, vom Schmerz der Trennung und der glücklichen Wiederauferstehung in immer neuen dichterischen Erzählungen zu verkünden.

Autor

Der Maler und Dichter Khalil Gibran wurde 1883 im libanesischen Becharré geboren. Die Jahre zwischen seinem zwölften und siebenundzwanzigsten Lebensjahr verbrachte er abwechselnd in seiner arabischen Heimat, in Europa, wo er sich u. a. in Paris dem Künstlerkreis Rodin anschloß, und in den USA. 1910 ließ er sich endgültig in Amerika nieder, wo er sich fortan in erster Linie der Erneuerung der arabischen Literatur widmete. 1920 gründete er in New York die Arabische Literarische Gesellschaft. Khalil Gibran starb 1931 im amerikanischen Exil und wurde seinem Wunsch gemäß in einer Kapelle des Klosters Mar Sarkis in seinem Geburtsort Becharré beigesetzt.

Von Khalil Gibran liegen im Goldmann Verlag vor:

Im Garten des Propheten (Gb. 30075/Pb. 30338)
Der Wanderer (Gb. 30325)
Das Khalil Gibran-Lesebuch. Ausgewählte Texte (8432)
Gedanken des Meisters (9135)
Eure Seelen sind Feuer (9409)

KHALIL GIBRAN

DIE SÖHNE DER GÖTTIN

Aus dem Amerikanischen von
Hans Christian Meiser

GOLDMANN VERLAG

Deutsche Erstveröffentlichung

Die amerikanische Originalausgabe in der Übertragung aus dem
Arabischen von Anthony R. Ferris erschien unter dem Titel
»Thoughts and Meditations« bei Citadel Press, Secausus, N. J.

Der Goldmann Verlag
ist ein Unternehmen der Verlagsgruppe Bertelsmann

Made in Germany · 4/90 · 1. Auflage
Genehmigte Taschenbuchausgabe
© der Originalausgabe 1960 by Anthony R. Ferris
© der deutschsprachigen Ausgabe 1990
by Wilhelm Goldmann Verlag, München
Published by Arrangement with Lyle Stuart
Umschlaggestaltung: Design Team München
Satz: Filmsatz Schröter GmbH, München
Druck: Presse-Druck, Augsburg
Verlagsnummer: 9641
Lektorat: Ulrike Kloepfer
Herstellung: Gisela Ernst
ISBN: 3-442-09641-3

Inhalt

Der Dichter aus Baalbek

Effendi Sarkis, einer der engsten Freunde Gibrans, stand bei den Gebildeten des Libanon in hohem Ansehen. Er war Verleger und gab die arabische Tageszeitung Lisan-Ul-Hal *heraus. 1912 beschloß die Arabische Liga für Fortschritt, die sich für die Einheit und die kulturelle Entwicklung Arabiens einsetzte, den großen libanesischen Dichter Khalil Mutran zu ehren.*

Sarkis, der Vorsitzende der Jury, lud seinen damals in New York lebenden Freund Gibran ein, in Beirut die Laudatio auf Khalil Mutran zu halten. Gibran konnte aber die Reise nicht antreten, doch er sandte eine Erzählung, die zu Ehren des Dichters vorgetragen werden sollte. Darin drückt Gibran seinen Glauben an die Seelenwanderung aus und preist den großen Geist, der in Khalil Mutran manifest geworden war.

Baalbek im Jahre 112 v. Chr.

Der Emir saß auf seinem goldenen Thron, umgeben von funkelnden Leuchtern und schimmernden Weihrauchschalen. Wohlgeruch erfüllte den Palast. Zur Rechten und Linken des Herrschers standen die Priester und die Stammesfürsten. Wächter und Sklaven hatten eine starre Haltung eingenommen und glichen so bronzenen Statuen im Strahlenlicht der Sonne.

Nachdem die Hymnen verklungen waren, trat ein Wesir vor den Emir und sprach mit einer Stimme, in der die Gelassenheit des Alters mitklang: »Erhabener und gütiger Fürst! Gestern kam ein Weiser aus Indien in unsere Stadt. Er glaubt an die Unterschiede in den Religionen, spricht von Dingen, die schwer zu verstehen sind, und predigt die Lehre von der Seelenwanderung und Wiedergeburt. Der Geist, so behauptet er, wandere von einer Generation zur nächsten, in dem Bestreben, immer mehr vollkommene Träger zu finden, um eines Tages selbst göttlich zu werden. Dieser Weise bittet um eine Audienz, um dir seine Glaubenslehre darlegen zu können.«

Der Emir lächelte und sagte: »Es kommen viele seltsame und wundervolle Dinge aus Indien. Ruf den Mann herbei, damit wir seine Weisheit hören können.«

Alsbald kam ein dunkelhäutiger alter Mann herein und trat in würdiger Haltung vor den Herrscher. Seine großen braunen Augen kündeten von tiefen Geheimnissen. Er verneigte sich, hob sein Haupt, und seine Augen leuchteten, während er zu sprechen begann.

Er erklärte, wie der Geist von einem Körper zum anderen gelangt, von den guten Taten des jeweiligen Trägers bewegt und geprägt von den Erfahrungen, die er in jedem neuen Leben mache. Der Geist strebe nach Herrlichkeit, die ihn erhöhe, und sein Wachstum werde durch die Liebe gefördert, die ihn und seinen Träger glücklich und unglücklich zugleich sein lasse...

Dann ging der Philosoph näher auf die Art ein, in welcher der Geist sich in seinem Verlangen nach Vollkommenheit von einem Ort zum anderen bewegt, und so in der Gegenwart für Sünden büße, die in der Vergangenheit geschehen seien, und wie er in dem einen Dasein ernte, was im anderen gesät worden sei.

Der Wesir bemerkte Unruhe und Überdruß auf dem Gesicht des Emirs, und er flüsterte dem Weisen zu: »Für den Augenblick hast du genug gesprochen. Bitte verschiebe den Rest deines Vortrags auf unser nächstes Treffen.«

Daraufhin entfernte sich der Weise, setzte sich zu den Priestern und Stammesfürsten und schloß die Augen, als sei er des ständigen Blicks auf die Tiefen des Lebens müde.

Stille trat ein, dem Traumzustand eines Propheten vergleichbar. Schließlich blickte sich der Emir um und fragte: »Wo ist unser Dichter, wir haben ihn schon seit Tagen nicht gesehen. Er wohnte doch sonst stets unseren Zusammenkünften bei.«

»Vor einer Woche«, antwortete einer der Priester, »sah

ich ihn im Säulengang des Ishtar-Tempels sitzen. Er starrte mit glasigem und trauervollem Blick auf das ferne abendliche Zwielicht, als schweifte eines seiner Gedichte in den Wolken umher.«

»Gestern«, ergänzte ein Stammesfürst, »begegnete ich ihm im Schatten der Weiden und Zypressen. Ich grüßte ihn, doch er antwortete nicht, sondern verharrte in seine Gedanken und Betrachtungen vertieft.«

Und der Obereunuch fügte hinzu: »Heute traf ich ihn im Garten des Palastes. Sein Gesicht war blaß und hager und seine Augen voller Tränen.«

»Geht und sucht diese unglückliche Seele«, ordnete der Emir an, »denn sein leerer Platz in unserer Mitte beunruhigt uns.«

Auf diesen Befehl hin verließen die Sklaven und Wachen den Palast, um den Dichter zu suchen. Der Emir, die Priester und die Fürsten warteten in der Versammlungshalle auf ihre Wiederkehr. Es war, als spürten sie die unsichtbare Anwesenheit des Dichters.

Bald darauf kehrte der Obereunuch zurück und warf sich wie ein vom Pfeil getroffener Vogel dem Emir zu Füßen. »Was ist geschehen? Sprich!« rief der Herrscher. Der Eunuch hob den Kopf und stammelte: »Wir haben den Dichter im Palastgarten gefunden – tot.«

Von Schmerz ergriffen eilte der Emir aus dem Palast. Die Fackelträger liefen ihm voraus, und die Priester und Fürsten folgten ihm. Am Ende des Gartens, bei den

Mandel- und Granatapfelbäumen, fiel das matte Licht der Fackeln auf den toten Jüngling. Wie eine verwelkte Rose lag sein Leichnam auf dem grünen Gras.

»Schaut nur, wie er seine Laute umarmt. Man könnte meinen, die beiden seien ein Liebespaar, das sich gelobt hat, gemeinsam zu sterben«, sagte ein Diener.

Ein anderer meinte: »Noch immer starrt er auf das Herz des Universums, wie er es im Leben getan hat; noch immer, so scheint es, betrachtet er die Bewegungen eines unbekannten Gottes inmitten der Planeten.«

Der Hohepriester wandte sich an den Emir und sprach: »Laß ihn uns morgen im Schatten des Tempels der Ishtar beerdigen, und laßt die Einwohner der Stadt dem Leichenzug folgen. Junge Männer sollen seine Lieder singen, und Jungfrauen werden Blumen auf sein Grab streuen. Es muß eine Gedenkfeier werden, die seines Genius' würdig ist.«

Der Emir stimmte zu, ohne seine Augen vom Antlitz des jungen Dichters abzuwenden, das unter dem Schleier des Todes erblaßt war.

»Wir haben seine reine Seele vernachlässigt, solange er lebte. Er hat das Universum mit seinem leuchtenden Geist erfüllt und im All den Wohlgeruch seiner Seele verbreitet. Wenn wir ihn jetzt nicht ehren, werden uns die Götter und Geister der Wälder und Täler verachten und uns fortan schmähen. Laßt ihn uns an der Stelle begraben, an der er seinen letzten Atemzug tat, und laßt ihm auch seine Laute im Arm. Wenn ihr ihn ehren und ihm huldigen wollt, so sagt euren Kindern, der Emir habe ihn vernachlässigt und dieser allein sei schuldig an seinem einsamen und erbärmlichen Tod.« Sodann fragte der Herrscher: »Wo ist der indische Weise?« Dieser trat vor und antwortete: »Hier bin ich, mein Fürst.«

»Sage uns, Weiser«, bat der Emir, »ob die Götter mich jemals dieser Welt wiederbringen und auch den verstorbenen Dichter ins Leben zurückführen werden? Wird mein Geist im Körper des Sohnes eines großen Königs wiedererstehen, und wird die Seele des Dichters in den Körper eines anderen Genies schlüpfen? Wird ihn das geheiligte Gesetz vor das Antlitz der Ewigkeit stellen, auf daß er Gedichte über das Leben verfaßt? Wird er wiedererweckt werden, damit ich ihn ehren und ihm meine Anerkennung bezeugen kann, indem ich ihn mit wertvollen Geschenken und Gaben überhäufe, die sein Herz ermuntern und seine Seele beflügeln?«

Und der Weise antwortete dem Emir folgendes: »*Was immer die Seele verlangt, der Geist wird es erreichen.* Bedenke, großer Fürst, daß das geheiligte Gesetz, das die Erhabenheit des Frühlings wiederbringt, sobald der Winter vorüber ist, auch dich als Herrscher und ihn als genialen Dichter wieder einsetzen wird.«

Zuversicht erfüllte das Herz des Emirs, und auf seinem

Antlitz strahlte Freude. Er kehrte in den Palast zurück und sann über die Worte des Weisen nach: *»Was immer die Seele verlangt, der Geist wird es erreichen.«*

Kairo im Jahre 1912 n. Chr.

Der Mond ging auf und breitete seinen silbernen Schleier über die Stadt. Der Herrscher des Landes stand an der Brüstung seines Palastes, betrachtete den klaren Nachthimmel und sann über die Epochen nach, welche die Ufer des Nils schon erlebt hatten. Vor seinem inneren Auge zogen die Völker Ägyptens vorüber, von der Zeit der Pyramiden bis zur Errichtung des Palastes von Abadan.

Als seine Gedanken ihn immer weiter forttrugen und schon an den Bereich der Träume gelangten, blickte der Fürst zu dem Sänger, der ihn begleitete, und sprach: »Meine Seele dürstet, trage mir heute nacht ein Gedicht vor.«

Der Sänger verbeugte sich und begann mit einem vorislamischen Lied. Doch noch bevor er mehrere Strophen wiedergeben konnte, unterbrach ihn der Herrscher und befahl: »Laß uns etwas anderes hören . . . etwas, das erst kürzlich entstanden ist.«

Wieder verneigte sich der Sänger und trug Verse eines Dichters aus Hadramaut vor. Erneut unterbrach ihn der

Fürst und sagte: »Ein neueres ... ein viel neueres Gedicht!«

Der Sänger legte die Hand an die Stirn, als ob er versuchte, sich alle Verse der zeitgenössischen Dichter ins Gedächtnis zu rufen. Dann begannen seine Augen plötzlich zu leuchten, sein Gesicht erhellte sich, und ganz bezaubert fing er an, wunderschöne Verse in beruhigendem Rhythmus zu singen.

Der Herrscher war berauscht von diesem Gesang, und er hatte das Gefühl, als zöge ihn eine verborgene Hand aus seinem Palast in eine weit entfernte Gegend. »Wer hat diese Verse verfaßt?« erkundigte er sich begeistert. Und der Sänger erwiderte: »Der Dichter von Baalbek.«

Dieser alte Name brachte Bilder vergangener Zeiten in das Gedächtnis des Fürsten zurück. In der Tiefe seines Herzens erwachten die Schatten der Erinnerung und traten vor sein Auge. Durch einen Nebelschleier nahm er die Erscheinung eines toten Jünglings wahr, der seine Laute umarmte, und sah ihn umringt von Priestern und Stammesfürsten.

Wie das Licht der Morgendämmerung die Träume vertreibt, so verflüchtigte sich auch die Vision des Herrschers. Er erhob sich und ging in den Palast, und mit ausgebreiteten Armen sprach er die Worte Mohammeds: *»Du warst tot, und er hat dich wieder lebendig gemacht. Er wird dich zu den Toten führen und dir*

dann wieder Leben geben. Danach wirst du zu ihm
zurückkehren.«

Der Fürst blickte zu seinem Begleiter und sagte: »Wir können uns glücklich schätzen, den Dichter von Baalbek in unserem Lande zu haben, und es wird unsere oberste Pflicht sein, ihn zu ehren und ihm unsere Freundschaft zu erweisen.«

Nach einer Weile ehrerbietiger Stille fügte er leise hinzu: »Der Dichter gleicht einem Vogel von besonderer Art. Er steigt aus den höchsten Regionen herab, um bei uns zu verweilen und zu singen. Wenn wir ihn nicht ehren, breitet er seine Schwingen aus und fliegt wieder zu seiner Heimstatt zurück.«

Die Nacht war vorüber, und der Himmel legte sein sternenbesetztes Kleid ab und hüllte sich in ein Gewand, das die strahlende Kraft des Morgens gewebt hatte. Und die Seele des Fürsten schwebte zwischen den seltsamen Wundern des Seins und den verborgenen Geheimnissen des Lebens.

Die Rückkehr des Geliebten

Als die Nacht hereinbrach, flohen die Feinde, zerfetzt von den Schwerterhieben, verwundet und entstellt von den Lanzenspitzen. Unsere Truppen hißten das Banner des Triumphes und stimmten Siegesgesänge an, während die stampfenden Pferdehufe auf den steinigen Wegen des Tales dröhnten.

Schon war der Mond hinter dem Fam el Mizab aufgegangen. Die mächtigen, hochragenden Felsen schienen mit dem Geist des Volkes emporzusteigen, und die Zedernwälder lagen da wie ein Orden an der Brust des Libanon.

Die Soldaten ritten weiter, und ihre Waffen funkelten im Mondlicht. Nahe gelegene Höhlen warfen das Echo ihrer Triumphgesänge zurück, bis sie einen Abhang erreichten. Plötzlich ließ sie das Wiehern eines Pferdes innehalten. Das Tier stand inmitten der grauen Felsen, als wäre es selbst aus Stein gehauen.

In der Nähe des Tieres fanden die Soldaten einen Leichnam, und die Erde um ihn herum war blutbefleckt. »Zeigt mir das Schwert dieses Mannes«, rief der Anführer, »und ich werde euch sagen, wem es gehört.«

Einige der Reiter saßen ab und stellten sich um den Toten. »Seine Finger haben sich um den Griff gekrallt«, rief einer dem Hauptmann zu. »Es wäre eine Schande, sie aufzubrechen.« Ein anderer meinte: »Dieses Schwert ist von ausströmendem Leben umhüllt worden, so daß das Metall gar nicht mehr sichtbar ist.« Und ein dritter fügte hinzu: »Das Blut an der Hand und am Griff ist erstarrt und hat aus beidem eins gemacht.« Daraufhin stieg auch der Anführer vom Pferd, ging zu dem Leichnam und sagte: »Hebt seinen Kopf hoch und laßt den Mond ihm ins Gesicht scheinen, damit wir erkennen können, wer es ist.« Die Männer taten wie geheißen, und das Antlitz des Erschlagenen stellte sich unter dem Schleier des Todes voll Tapferkeit und Adel dar. Es war das Gesicht eines mannhaften Reiters, traurig und freudig zugleich: das Gesicht eines Mannes, der dem Feind mutig und dem Tod lächelnd entgegengetreten war; das Gesicht eines Helden, der an diesem Tage Zeuge eines Triumphes geworden war, der nun jedoch nicht mehr mit seinen Kameraden singen und den Sieg feiern konnte.

Als man ihm die seidene Kopfbedeckung abgenommen und den Staub der Schlacht von seinem blassen Antlitz entfernt hatte, rief der Hauptmann voll Schmerz: »Das ist Assabys Sohn! Welch schwerer Verlust!« Seufzend wiederholten die Männer den Namen. Dann verstummten sie, und ihr Herz, kurz vorher noch berauscht vom Sieg, wurde mit einem Male nüchtern. Sie hatten etwas erfahren, das größer war als der Glanz des Triumphs – den Verlust eines Helden. Wie Marmorstatuen umstanden sie den Schreckensort, stumm und sprachlos. So verfährt der Tod mit den Seelen der Helden, während er Frauen jammern und klagen läßt und Kinder weinen und schluchzen. Nichts ziemt sich für trauernde Männer mehr als die Stille, die ein starkes Herz ergreift wie die Krallen des Adlers die Kehle der Beute. Es ist jene Stille, die sich über Tränen und Schmerz erhebt und in ihrer Erhabenheit dem Betroffenen noch mehr Kummer und Leid bereitet, jene Stille, welche die Seele vom Gipfel des Berges in den Abgrund gleiten läßt. Es ist die Stille, die vom Nahen des Sturmes kündet; doch wenn der Sturm nicht auszubrechen vermag, so liegt es daran, daß sie stärker ist als er.

Die Männer nahmen das Gewand des jungen Helden ab, um nachzusehen, wohin der Tod seine eisernen Klauen geschlagen hatte. In der Brust klafften Wunden, die wie sprechende Lippen aussahen, so als wollten sie in der Ruhe der Nacht Kunde geben von menschlicher Tapferkeit.

Der Anführer kniete neben dem Leichnam nieder, und er entdeckte am Arm des erschlagenen Kriegers einen mit goldenen Fäden verzierten Schal. Und er erkannte die Hand, welche die Seide gesponnen, und die Finger, die den Stoff gewebt hatten. Er verbarg den Schal unter seinem Gewand und zog sich langsam zurück. Mit zitternder Hand bedeckte er sein betroffenes Gesicht. Diese Hand, die jetzt bebte, hatte noch vor kurzem voll Kraft die Feinde zerschmettert. Nun zitterte sie, denn sie hatte einen Schal berührt, der von liebenden Händen um den Arm eines Helden geschlungen worden war, der jetzt erschlagen dalag. Tot würde der Held auf den Schultern seiner Kameraden zu seiner Geliebten zurückkehren.

Während die Seele des Hauptmanns zutiefst aufgewühlt war, da er sowohl über die Grausamkeit des Todes als auch über die Geheimnisse der Liebe nachsann, schlug einer seiner Leute vor: »Laßt uns ihm unter dieser Eiche ein Grab bereiten, auf das ihre Wurzeln von seinem Blute trinken und ihre Äste aus seinem Körper Nahrung aufnehmen können. Sie wird an Kraft gewinnen und unsterblich werden und wie ein Denkmal dastehen, um den Hügeln und Tälern von seiner Tapferkeit und Stärke zu künden.«

»Laßt ihn uns zum Zedernwald tragen und ihn nahe der Kirche bestatten«, schlug ein anderer vor. »Dort werden seine Knochen bis in alle Ewigkeit vom Schatten des Kreuzes bewacht werden.«

Und ein dritter riet: »Begraben wir ihn doch hier, wo sein Blut die Erde benetzte, und lassen wir das Schwert in seiner rechten Hand. Stellen wir ihm die Lanze zur Seite und töten wir das Pferd über seinem

Grab. Die Waffen mögen ihn in die Einsamkeit beglei-
ten.«

»Man soll kein Schwert begraben, das mit dem Blut des
Feindes befleckt ist, und kein Roß töten, das sich auf
dem Schlachtfeld bewährt hat«, wandte einer ein. »Laßt
seine Waffen nicht in der Einsamkeit zurück, denn sie
sind an Taten und Kraft gewöhnt. Bringt sie den Ver-
wandten des Toten als bedeutendes und wertvolles
Erbe.«

»Wir wollen an seiner Seite niederknien und die Gebete
des Nazareners sprechen, damit Gott ihm vergebe und
unseren Sieg segne«, empfahl ein anderer.

Danach meinte einer: »Nehmt ihn auf die Schultern
und macht aus unseren Schilden und Lanzen eine
Totenbahre für ihn. Und laßt uns Triumphlieder anstimmen, damit die Lippen seiner Wunden lächeln,
bevor sie die Erde des Grabes bedeckt.«

Ein weiterer schlug vor: »Wir wollen ihn auf sein Pferd
heben und ihn mit den Schädeln der toten Feinde
stützen. Wir geben ihm seine Lanze in die Hand und
bringen ihn als Sieger in sein Dorf. Niemals hätte er sich
dem Tod ergeben, ohne ihm auch die Seelen der Feinde
aufzuladen.«

»Sollen wir ihn nicht am Fuße dieses Berges bestatten?« fragte ein anderer Soldat. »Das Echo der Höhlen
wird sein Freund sein, und der murmelnde Bach wird
Lieder für ihn singen. Seine Gebeine werden in der

Abgeschiedenheit ruhen, wo die stille Nacht leicht und sanft dahinwandelt.«

»Nein«, entgegnete ihm einer, »laßt ihn nicht an diesem Ort, denn hier wohnen Langeweile und Einsamkeit. Warum bringen wir ihn nicht auf den Friedhof seines Dorfes? Die Geister unserer Vorfahren werden seine Gefährten sein; sie werden in der Nacht zu ihm sprechen und ihm von ihren Kriegen und ihren Ruhmestaten erzählen.«

Schließlich trat der Anführer der Soldaten in ihre Mitte und gebot Ruhe. Er seufzte und sprach: »Belästigt ihn nicht mit Erinnerungen an den Krieg und erzählt seiner Seele, die über uns schwebt, nichts von Schwertern und Lanzen. Laßt ihn uns lieber friedlich und still an den Ort seiner Geburt tragen, wo eine liebende Seele auf seine Heimkehr wartet... die Seele eines Mädchens, das auf seine Rückkehr vom Schlachtfeld hofft. Laßt ihn uns zu ihr bringen, damit sie noch einmal sein Gesicht sehen und einen letzten Kuß auf seine Stirn drücken kann.«

So trugen sie ihn auf ihren Schultern fort, und sie marschierten schweigend mit gesenktem Kopf und niedergeschlagenen Augen.

Sein Pferd trottete traurig hinter ihnen her, die Zügel schleiften am Boden, und von Zeit zu Zeit war ein trostloses Wiehern zu vernehmen, das von den Höhlen als Echo zurückgeworfen wurde, gerade so als hätten sie ein Herz und würden am Kummer der Vorbeiziehenden Anteil nehmen.

So schritt der Siegeszug vom Mond beleuchtet über die dornigen Pfade des Tales. Er ging hinter der Prozession des Todes einher, und der Geist der Liebe leitete ihn mit gebrochenen Schwingen.

Einheit

*In diesem Prosagedicht sieht der Prophet des Libanon die Vereinigung von Ägypten und Syrien voraus.**

Als die Nacht das Kleid des Firmaments mit ihren sternengleichen Perlen geschmückt hatte, erhob sich aus dem Tale des Nils eine Paradiesjungfrau und schwang sich auf unsichtbaren Flügeln in den Äther empor. Sie ließ sich auf einem Nebelthron nieder, der zwischen Himmel und Meer schwebte. Vor ihr sang eine Schar Engel im Chor: »Heilig, heilig, heilig ist Ägyptens Tochter. Ihre Herrlichkeit erfüllet die Welt.«

Danach wurde vom zedernbekränzten Gipfel des Fam el Mizab die Erscheinung eines Jünglings von einem Seraphim in die Höhe getragen. Der Jüngling setzte sich neben die Jungfrau auf den Thron, und die Engel umringten beide und sangen: »Heilig, heilig, heilig ist der Sohn des Libanon. Seine Pracht erfüllet die Ewigkeit.«

* von 1958 bis 1961 war Syrien mit Ägypten in der Vereinigten Arabischen Republik zusammengeschlossen. – Anm. d. Übs.

Und als der Bräutigam die Hand seiner Geliebten ergriff und ihr in die Augen blickte, trugen Wind und
Wogen die Kunde von ihrer Vereinigung in das gesamte All:

Wie makellos ist dein strahlender Glanz, o Tochter der
Isis, und wie bete ich dich an!

Wie anmutig erscheinst du unter den Jünglingen, o
Sohn der Astarte, und wie verlangt es mich nach dir!

Meine Liebe ist standhaft wie eure Pyramiden, und die
Zeiten werden sie nicht zerstören.

Meine Liebe ist fest verwurzelt wie eure heiligen Zedern, und die Kraft der Natur wird sie nicht erschüttern.

Aus Ost und West kommen die Wissenden aller Völker, um deine Weisheit zu erkennen und deine Zeichen zu deuten.

Aus allen Königreichen der Welt eilen die Gelehrten
zu dir, um sich an deiner immerwährenden Schönheit
und dem Zauber deiner Stimme zu laben.

Deine Hände gleichen überfließenden Brunnen.

Deine Arme sind Quellen reinen Wassers, und dein
Atem ist eine erfrischende Brise des Windes.

Des Nils Paläste und Tempel künden von deinem
Ruhm, und die Sphinx erzählt von deiner Erhabenheit.

Die Zedern auf deiner Brust gleichen einem Orden,
und die Türme deines Landes berichten von deiner
Tapferkeit und Kraft.

Wie süß ist deine Liebe und wie wundervoll die Hoffnung, daß du sie bewahrst!

Welch edler Gefährte und treuer Gatte bist du! Wie
glanzvoll sind deine Geschenke und wie kostbar deine
Opfergaben!

Du hast mir junge Männer gesandt, die mich gleichsam
aus tiefem Schlummer erweckt haben. Du gabst mir
wagemutige Helden, um die Schwachheit meines Volkes zu besiegen, Gelehrte, um es in seinem Wissen
voranzubringen, und Auserwählte, um seine Kräfte zu
veredeln.

Aus den Samen, die ich dir sandte, zogst du Blumen,
und aus den Setzlingen ließest du Bäume wachsen; denn
du bist eine jungfräuliche Wiese, auf der Rosen und
Lilien sprießen und Zedern und Zypressen gedeihen.

Ich sehe Kummer in deinen Augen, mein Geliebter.
Wie kannst du traurig sein, wo du doch an meiner Seite
sitzt?

Ich habe Söhne und Töchter, die das Land verließen
und bis jenseits der Meere wanderten. Weinend blieb
ich zurück und sehne mich nach ihrer Wiederkehr.

Bist du besorgt, o Tochter des Nils, du Teuerste unter all
den Völkern?

Ich fürchte einen Tyrannen, der sich mir mit süßer
Stimme nähert, auf daß er mich später mit der Kraft
seiner Waffen beherrschen kann.

Das Leben der Völker, meine Geliebte, gleicht dem

Leben seiner einzelnen Menschen. Es ist ein Leben, heiter in der Hoffnung, doch vermählt mit der Furcht, umgeben von Wünschen, doch verfinstert durch Verzweiflung.

Und die Liebenden umarmten einander und küßten sich, und sie tranken den duftenden Wein der Zeiten aus dem Kelch der Liebe, während die Schar der Engel um sie herum sang: »Heilig, heilig, heilig, der Liebe Ruhm erfüllet den Himmel und die Erde!«

Die Ermahnung meiner Seele

Meine Seele ermahnte mich, und sie lehrte mich, das zu lieben, was die Menge verabscheut, und mich mit dem anzufreunden, den diese schmäht.

Meine Seele zeigte mir, daß die Liebe nicht nur auf den stolz ist, der liebt, sondern auch auf den, der geliebt wird.

Ehe mich meine Seele ermahnte, glich die Liebe in meinem Herzen einem dünnen Faden, der zwischen zwei Haken gespannt ist.

Doch nun ist sie ein Ruf geworden, dessen Anfang sein Ende ist und dessen Ende sein Beginn. Sie umgibt jedes Wesen und streckt sich aus, um alles zu umarmen, was sein wird.

Meine Seele beriet mich, und sie lehrte mich, die verborgene Schönheit der Oberfläche, der Gestalt und der Farben wahrzunehmen. Sie ließ mich auf das achten, was die Menschen häßlich nennen, bis es seine Anmut und seinen Reiz offenbarte.

Ehe mir meine Seele beistand, hielt ich die Schönheit für eine zitternde Fackel in aufsteigendem Rauch. Jetzt, da der Rauch verschwunden ist, sehe ich nichts als die Flamme.

Meine Seele ermahnte mich, und sie ließ mich auf jene Stimmen hören, die weder durch Zunge noch Kehlkopf oder Lippen geäußert werden.
Ehe meine Seele mich ermahnte, vernahm ich nur Geschrei und Klagen. Doch nun kümmere ich mich eifrig um die Stille, und ich vernehme ihre Choräle und wie sie die Hymnen der Zeiten und die Lieder des Firmaments singt und die Geheimnisse des Unsichtbaren verkündet.

Meine Seele ermahnte mich, und sie lehrte mich, den Wein zu trinken, der nicht gekeltert werden kann und der auch nicht aus Kelchen fließt, die von Händen hochgehoben und von Lippen berührt werden.
Bevor meine Seele mich ermahnte, glich mein Durst einem matten Funken, der verborgen in der Asche liegt und von einem Tropfen Wasser gelöscht werden kann.
Doch nun wurde aus meinem Verlangen mein Kelch, aus meiner Begeisterung mein Wein und aus meiner Einsamkeit meine Trunkenheit; und selbst in diesem unstillbaren Durst liegt ewige Freude.
Meine Seele ermahnte mich, und sie lehrte mich, das zu berühren, was noch nicht Fleisch geworden ist. Sie

enthüllte mir, daß alles, was wir anfassen, ein Teil unseres Wünschens ist.

Jetzt haben sich meine Finger dem Nebel zugewandt, und sie durchdringen das Sichtbare im All und vermengen sich mit dem Unsichtbaren.

Meine Seele lehrte mich, jenen Duft einzuatmen, den weder Myrrhe noch Weihrauch ausströmen. Bevor meine Seele mich dies lehrte, sehnte ich mich nach dem Wohlgeruch in den Gärten, in Duftgefäßen und in Weihrauchschalen.

Doch nun kann ich jenen Duft genießen, der nicht durch das Abbrennen von Opfergaben entsteht. Und ich fülle mein Herz mit einem Wohlgeruch, den ein Windhauch aus dem All niemals herbeitragen kann.

Meine Seele ermahnte mich, und sie lehrte mich zu sagen: »Ich bin bereit«, sobald Unbekanntes und Gefahr mich rufen.

Bevor meine Seele mich ermahnte, antwortete ich allein mit der Stimme des Schreihalses, den ich kannte, und ging nur auf leichten und ebenen Wegen.

Nun ist das Unbekannte zu einem Streitroß geworden, das ich besteigen kann, um der Gefahr zu begegnen; und die Ebene hat sich in eine Leiter verwandelt, auf deren Sprossen ich den Gipfel erklimmen kann.

»Miß nicht die Zeit«, sprach meine Seele zu mir, »indem du sagst, dieses war gestern und jenes wird morgen sein.«

Denn ehe meine Seele zu mir sprach, hielt ich die Vergangenheit für eine Epoche, die nicht wiederkehrt, und die Zukunft für einen Zeitabschnitt, der niemals erreicht werden kann.

Jetzt aber weiß ich, daß ein Augenblick der Gegenwart die gesamte Zeit in sich birgt, und in ihm liegt all das, was man erhoffen, tun und verwirklichen kann.

Meine Seele ermahnte mich, und sie riet mir, nicht die Welt zu begrenzen, indem ich sage: »Hier, da und dort.«

Bevor meine Seele mich ermahnte, meinte ich, jeder Ort, an den ich ging, sei weit von jedem anderen entfernt.

Jetzt habe ich erfahren, daß der Ort, an dem ich bin, auch immer alle anderen Orte mit einschließt; und die Entfernung, die ich durchmesse, birgt alle Entfernungen in sich.

Meine Seele ermahnte mich und hielt mich an, wach zu bleiben, während die anderen schlafen, und mich dem Schlummer hinzugeben, wenn die anderen aufstehen.

Ehe meine Seele mich dies lehrte, konnte ich in meinem Schlaf die Träume der anderen nicht sehen, und sie achteten auch nicht auf die meinen.

Nun aber löse ich die Fesseln meiner Träume nicht eher als die anderen auf mich achten, und sie erheben sich nicht in den Himmel ihrer Träume, sobald ich mich nicht an ihrer Freiheit ergötze.

Meine Seele ermahnte mich und sprach: »Freue dich nicht zu sehr über ein Lob und sei nicht bekümmert wegen eines Tadels.«

Ehe meine Seele mir dies riet, zweifelte ich stets am Wert meines Tuns.

Nun habe ich erkannt, daß die Bäume im Frühling blühen und im Sommer Früchte tragen, ohne Lob zu erheischen, und daß sie im Herbst ihre Blätter verlieren und im Winter nackt dastehen, ohne daß sie jemand tadelt.

Meine Seele ermahnte mich und zeigte mir, daß ich weder ein Zwerg noch ein Riese bin.

Aber bevor mich meine Seele ermahnte, teilte ich die Menschheit in zwei Hälften: die Schwachen, die ich bemitleidete, und die Starken, denen ich nachfolgte und denen ich nicht widersprach.

Doch jetzt habe ich gelernt, daß ich wie beide bin und aus denselben Stoffen entstanden. Mein Ursprung ist der ihre, mein Gewissen ist das ihre, mein Hader ist der ihre, und ihre Wanderschaft ist auch die meine.

Wenn sie sündigen, bin auch ich ein Sünder. Tun sie Gutes, bin ich stolz auf ihre Wohltaten. Wenn sie sich erheben, erhebe ich mich mit ihnen; und werden sie träge, so teile ich ihre Faulheit.

Meine Seele sprach zu mir: »Die Lampe, die du trägst, ist nicht die deine, und das Lied, das du singst, entstand nicht in deinem Herzen; denn auch wenn du das Licht trägst, so bist du nicht das Licht, und wenn du auch eine Laute bist, so bist du nicht der Lautenspieler.«

O Bruder, meine Seele ermahnte mich, und sie lehrte mich vieles. Auch dich hat deine Seele ermahnt und hat dich ebensoviel gelehrt. Denn du und ich sind eins, und es gibt keine Verschiedenheit zwischen uns, außer daß ich mit Nachdruck das verkünde, was mein inneres Selbst ist, während du das, was du in dir trägst, wie ein Geheimnis hütest. Doch in dieser deiner Verschwiegenheit liegt auch eine Art von Tugend.

Die Söhne der Göttin
und
die Söhne der Affen

Wie sonderbar ist die Zeit, und wie wunderlich sind wir!
So, wie sie sich änderte, veränderten auch wir uns. Sie
ging einen Schritt vorwärts, enthüllte ihr Gesicht, ver-
setzte uns in Unruhe und richtete uns wieder auf.
Gestern noch beklagten wir uns über die Zeit und
fürchteten ihre Schrecken. Doch heute haben wir gelernt, sie zu lieben und zu achten, denn wir verstehen
nun ihre Absichten, ihr naturgegebenes Wesen, ihre
Geheimnisse und ihre Wunder.
Gestern noch krochen wir furchtsam am Boden wie
schlotternde Gespenster, voll Furcht vor der Nacht und
vom Tage bedroht. Doch heute steigen wir frohgemut
auf den Gipfel des Berges, dorthin, wo der tobende
Sturm und der Donner zu Hause sind.
Gestern noch aßen wir Brot, das mit Blut geknetet war,
und wir tranken mit Tränen vermischtes Wasser. Doch
heute empfangen wir das Manna aus der Hand des
Morgens und den alten Wein, der den süßen Duft des
Frühlings verströmt.

Gestern waren wir ein Spielzeug in der Hand des Schicksals. Doch heute ist das Schicksal aus seiner Betäubung erwacht, um mit uns zu spielen und zu lachen und mit uns zu gehen. Wir folgen nicht ihm, sondern es folgt uns.

Gestern verbrannten wir Weihrauch vor unseren Götzenbildern und opferten den zürnenden Göttern. Doch heute opfern wir unserem eigenen Sein und bringen ihm Weihrauch dar, denn der Erhabenste und Schönste aller Götter hat seinen Tempel in unserem Herzen errichtet.

Gestern verneigten wir uns vor den Königen und verbeugten uns vor den Sultanen. Heute jedoch verehren wir nur das Recht und folgen niemandem als der Schönheit und der Liebe.

Gestern blickten wir noch zu falschen Propheten und Zauberern auf. Doch heute hat sich die Zeit geändert, und siehe, sie hat auch uns geändert. Nun können wir das Antlitz der Sonne bewundern und die Lieder der See vernehmen, und außer einem Wirbelsturm vermag uns nichts zu erschüttern.

Gestern rissen wir unsere Seelentempel nieder, und aus ihren Trümmern errichteten wir Grabmäler für unsere Vorfahren. Heute jedoch haben sich unsere Seelen in heilige Altäre gewandelt, die von den Gespenstern der Vergangenheit nicht erreicht und vom knochenfingrigen Tod nicht berührt werden können.

Wir waren ein stummer Gedanke, der sich in den Winkeln des Vergessens verbarg. Heute sind wir eine gewaltige Stimme, die das Firmament widerhallen läßt.

Wir waren ein verglühender Funke, unter der Asche begraben. Heute sind wir ein loderndes Leuchtturmfeuer.

Viele Nächte verbrachten wir wachend, die Erde war unser Kissen und der Schnee unsere Decke.

Wie Schafe ohne ihren Schäfer trieben wir Nacht für Nacht umher, während wir auf unseren Gedanken weideten und unsere Gefühle wiederkäuten; und doch blieben wir hungrig und dürsteten.

Oftmals standen wir zwischen dem vergangenen Tag und der kommenden Nacht. Wir beklagten das Schwinden unserer Jugend und sehnten uns nach etwas Unbekanntem. Wir starrten zum leeren, dunklen Himmel empor und hörten auf das Wehklagen der Stille und auf das Gekreische der Nacht.

Jene Zeiten umschlichen uns wie Wölfe die Grabhügel. Heute hat sich unser Himmel aufgehellt, und wir können friedlich auf göttlichen Lagern ruhen, unsere Gedanken und Träume willkommen heißen und unsere Wünsche in die Arme schließen. Indem wir ohne Zittern die Fackeln ergreifen, die um uns herum geschwenkt werden, vermögen wir mit unsern Schutzgeistern in tiefem Sinn zu sprechen. Und sobald die himmlischen Heerscharen an uns vorüberziehen, werden sie

vom Verlangen unseres Herzens und von den Lobge-
sängen unserer Seele entflammt.

Gestern waren wir, und heute sind wir. Dies ist es, was
die Göttin für ihre Söhne will. Aber was wollt ihr, Söhne
der Affen? Habt ihr je einen einzigen Schritt vorwärts
getan, seit ihr aus den Felsspalten der Erde hervorge-
krochen kamt? Habt ihr je gen Himmel geblickt, seit der
Satan euch die Augen öffnete? Habt ihr je ein Wort aus
dem Buch des Rechts von euch gegeben, seit die
Schlange eure Lippen küßte? Oder habt ihr auch nur
einen Augenblick auf das Lied des Lebens gehört,
seitdem der Tod eure Ohren verschloß?

Vor siebzigtausend Jahren schon kam ich vorbei und
sah euch wie Insekten in euren Höhlen herumkriechen;
und vor sieben Minuten blickte ich euch durch das klare
Glas meines Fensters an und sah, wie ihr euch, in
Sklaverei gefesselt, durch die Straßen schlepptet, während der Tod seine Schwingen über euch breitete. Ihr
seht heute genauso aus wie gestern, und morgen und
übermorgen werdet ihr genauso aussehen, wie ich euch
am Anfang sah.

Gestern waren wir, und heute sind wir! Dies ist es, was
die Göttin für ihre Söhne will. Was aber ist euer Wille,
ihr Söhne der Affen?

Faule Zähne

Ich hatte Zahnschmerzen... Untertags spürte ich nichts, doch in der Nacht, wenn die Zahnärzte schlafen und die Apotheken geschlossen waren, kamen die Qualen ständig wieder. Schließlich wurde ich ungeduldig und ging zum Zahnarzt. Ich bat ihn, den verteufelten Zahn zu ziehen, weil er mich elend mache, mir die Freuden des Schlafes zunichte mache und meine Nachtruhe in Klagen und Stöhnen verwandle.

Der Zahnarzt schüttelte den Kopf und sagte: »Es ist töricht, einen Zahn zu ziehen, wenn man ihn behandeln kann.«

Dann begann er zu bohren. Er reinigte die Löcher und unternahm alles, um den Zahn wiederherzustellen und die Fäulnis zu beseitigen. Nach dieser Prozedur setzte er eine Goldplombe ein und meinte stolz: »Der kranke Zahn ist nun stärker und kräftiger als die gesunden.«

Ich schenkte ihm Glauben, bezahlte und ging.

Doch noch bevor die Woche zu Ende war, fing der verflixte Zahn wieder zu schmerzen an, und die Pein, die er mir verursachte, kehrte die schönen Gefühle meiner Seele ins Gegenteil um.

Ich ging zu einem anderen Zahnarzt und bat ihn, den verdammten Zahn zu ziehen, ohne zu fragen, warum; denn ein Mensch, der Schläge bekommt, ist nicht wie derjenige, welcher sie zählt.

Er entsprach meiner Bitte und entfernte den Zahn. Als er ihn hernach ansah, meinte er: »Es war richtig, diesen verfaulten Zahn zu ziehen.«

Im Munde unseres Gemeinwesens stecken viele schlechte Zähne, und sie sind verfault bis an die Wurzeln. Doch niemand ist darum bemüht, sie entfernen zu lassen und somit die Qualen loszuwerden. Man begnügt sich mit Goldfüllungen. Und es gibt genügend Zahnärzte, welche die faulen Zähne unserer Gesellschaft mit Gold überziehen.

Groß ist die Zahl derjenigen, die sich den Verlockungen solcher »Verbesserer« hingeben. Schmerz, Krankheit und Tod sind ihr Los.

Im Munde des syrischen Volkes gibt es viele verdorbene, schwarze und schmutzige Zähne, die voll Eiter sind und stinken. Die Ärzte versuchen sie mit Goldplomben zu retten, anstatt sie zu entfernen. So bleibt das Übel.

Ein Volk mit verdorbenen Zähnen ist dazu verdammt, auch einen kranken Magen zu haben. Es gibt viele Völker, die an Verdauungsstörung leiden.

Wenn ihr einen Blick auf die verfaulten Zähne Syriens werfen wollt, besucht die Schulen des Landes, in denen

die Söhne und Töchter von heute sich darauf vorberei-
ten, die Männer und Frauen von morgen zu werden.

Besucht die Gerichtsgebäude und werdet Zeuge der
Untaten von verlogenen und bestochenen Vertretern
des Rechts. Seht nun, wie sie mit den Gedanken und
Meinungen des einfachen Volkes umgehen. Sie sind
wie eine Katze, die mit einer Maus spielt.

Sucht die Paläste der Reichen auf, in denen Eitelkeit,
Falschheit und Heuchelei regieren.

Doch versäumt nicht, auch in die Hütten der Armen zu
gehen, wo Angst, Unwissenheit und Feigheit wohnen.

Sodann besucht die fingerfertigen Zahnärzte, jene Be-
sitzer von empfindlichen Instrumenten, von Zahngips
und Beruhigungsmitteln, die ihre Zeit damit verbrin-
gen, die Löcher in den verfaulten Zähnen der Nation zu
füllen, um so ihren Verfall zu verschleiern.

Sprecht mit jenen »Verbesserern«, die sich für die Gebildeten des syrischen Volkes halten, Feste geben, Kon-
ferenzen einberufen und in der Öffentlichkeit Reden
halten. Wenn ihr euch mit ihnen unterhaltet, werdet ihr
Töne vernehmen, die sich vielleicht erhabener anhören
als das Ächzen eines Mühlsteins und vornehmer als das
Quaken der Frösche in einer Juninacht.

Wenn ihr ihnen erzählt, daß das syrische Volk mit
verfaulten Zähnen an seinem Brot nagt und daß jeder
Bissen, den es kaut, mit vergiftetem Speichel vermengt
ist, der auch den Magen krank macht, dann antworten

sie: »Es ist so, doch wir suchen nach besseren Zahnfüllungen und Schmerzmitteln.«

Aber wenn ihr vorschlagt, die Zähne »auszureißen«, werden sie euch verlachen, denn ihr habt offenbar noch nichts von der feinen Kunst der Zahnärzte gehört, welche diese Krankheit verbergen kann.

Solltet ihr weiterhin darauf bestehen, werden sie forteilen und euch ausweichen. Und sie werden sagen: »Es gibt viele Idealisten in dieser Welt, doch ihre Träume sind haltlos.«

Das Geschwätz

Geschwätzige Leute und ihr Klatsch sind mir lästig; ich verabscheue sie.

Wenn ich am Morgen meine Briefe und Zeitschriften durchsehe, finde ich nur Gewäsch darin. Alles, was ich lese, ist leeres Gerede ohne jegliche Bedeutung, aber vollgestopft mit Lügen.

Sobald ich mich setze, um meinen Kaffee zu trinken und die Schläfrigkeit zu vertreiben, tritt das Geschwätz vor mich hin: es springt herum und lärmt und nörgelt. Es scheut sich nicht einmal, sich an meinem Frühstück zu laben und meine Zigaretten zu rauchen.

Gehe ich zur Arbeit, folgt es mir. Es flüstert mir ins Ohr und kitzelt mein feinfühliges Gehirn. Versuche ich das Geschwätz loszuwerden, kichert es nur und kommt in einer Flut von nichtssagendem Gerede schnell wieder zurück.

Wenn ich einkaufen gehe, steht es am Eingang eines jeden Geschäfts und fällt sein Urteil über die Kunden. Selbst auf dem Gesicht friedsamer Menschen sehe ich es, denn es begleitet auch sie. Sie merken nichts von seiner Anwesenheit, doch es stört sie in ihrem Handeln.

Ich setze mich zu einem Freund, das Geschwätz kommt ungebeten hinzu – und wir sind drei. Ich will mich ihm entziehen, doch es bringt es fertig, mir so nahe zu bleiben, daß der Klang seiner Stimme mich verwirrt und meinen Magen aufwühlt, als hätte ich verdorbenes Fleisch gegessen.

Besuche ich Gerichtsgebäude und Lehranstalten, finde ich das Geschwätz auch dort – samt seinen Eltern: der Falschheit, die in ein seidenes Gewand gehüllt ist, und der Heuchelei, die einen prachtvollen Umhang und einen herrlichen Turban trägt.

Zu meiner Überraschung entdecke ich das Geschwätz und seine Verwandtschaft auch in den Kontoren. Mit seinen wulstigen Lippen schnattert und plappert es, und seine Begleiter klatschen ihm Beifall und machen sich über mich lustig.

Wenn ich Tempel und Kirchen besuche – es ist schon da. Es sitzt auf einem Thron, trägt eine Krone und hält ein funkelndes Zepter in der Hand.

Komme ich abends heim, erwartet es mich auch schon hier. Es hängt von der Decke herunter wie eine Schlange; oder es kriecht wie eine Boa in den vier Ecken meines Hauses herum.

Kurz, das Geschwätz ist überall: in und über dem Himmel, auf und unter der Erde, im luftigen Äther und in der wogenden See, in den Wäldern und Höhlen und auf den Gipfeln der Berge.

Wo kann sich jemand, der die Stille und Ruhe liebt, von ihm erholen? Wird Gott je mit mir Mitleid haben und mir die Gnade der Taubheit gewähren, so daß ich im Paradies der Stille leben kann?

Gibt es auf dieser Welt einen Winkel, wohin ich gehen kann, um glücklich mit mir selbst zu leben?

Gibt es einen Ort ohne dieses leere Gerede?

Gibt es auf dieser Erde einen Menschen, der sich nicht selbst beweihräuchert, wenn er von sich spricht?

Gibt es unter allen Sterblichen einen einzigen, dessen Mund keinen Schlupfwinkel für schurkisches Geraune bietet?

Wenn es nur eine Art von Geschwätz gäbe, ich würde mich damit abfinden. Aber es gibt unzählige Sorten davon. Man kann sie in Sippen und Stämme einteilen:

Es gibt diejenigen, welche den ganzen Tag über im Sumpf leben, doch wenn es Nacht wird, kommen sie ans Ufer, heben ihren Kopf aus dem Wasser und aus dem Schlamm und füllen die stille Nacht mit schrecklichem Gequake, daß einem das Trommelfell platzt.

Ferner gibt es jene, die zur Familie der Haarspalter gehören. Es sind diejenigen, die über unseren Köpfen schweben und aus reiner Bosheit und wildem Haß einen teuflischen Lärm entfachen.

Eine Sippschaft gibt es, deren Mitglieder Bier und Schnaps hinunterspülen, an Straßenecken herumlungern und lauter brüllen als ein Stier.

Wir bemerken außerdem eine sonderbare Gesellschaft, die ihre Zeit auf Friedhöfen verbringt und die Stille in ein Klagegeheul wandelt, das jammervoller klingt als das Schreien der Eule.

Dann gibt es noch eine Horde von Geschwätzigen, die das Leben für ein Stück Nutzholz halten, von dem sie sich ein Stück abschaben wollen. Während sie dies tun, entsteht ein Gekreisch, das häßlicher klingt als der Lärm einer Sägemühle.

Dieser Horde folgt eine Anzahl von Kreaturen, die mit Hämmern auf sich selbst einschlagen und dumpfe Töne erzeugen, die ärger dröhnen als die Trommeln des Urwalds. Solche Kreaturen werden von einer Partei unterstützt, deren Mitglieder nichts anderes zu tun haben, als sich hinzusetzen, wo immer es eine Gelegenheit hierzu gibt: Da kauen sie dann an ihren Worten herum, anstatt sie auszusprechen.

Zuweilen trifft man eine Ansammlung geschwätziger Leute, die es verstehen, aus nichts nichts zu machen; letztlich aber stehen sie nackt da.

Oft begegnen wir einer ganz besonderen Form von Schwätzern. Ihre Vertreter gleichen den Staren, halten sich jedoch selbst für Adler, sobald sie nur in der Strömung ihrer eigenen Worte schweben.

Und was ist mit denen, die wie Glocken läuten, um die Menschen zum Gebet zu sammeln, selbst aber niemals eine Kirche betreten?

Es gibt noch wesentlich mehr Sippen und Stämme von Geschwätzigen, doch es sind zu viele, um sie alle aufzuzählen. Die seltsamste Gruppe unter ihnen ist meiner Meinung nach diejenige, deren Mitglieder das All mit ihrem Schnarchen erschüttern und – wenn sie gelegentlich aufwachen – sagen: »Wie gelehrt wir doch sind!«

Nachdem ich nun meine Abscheu vor dem Schwätzer und seinen Artgenossen kundgetan habe, komme ich mir vor wie ein Arzt, der sich selbst nicht heilen kann, oder wie ein Zuchthäusler, der seinen Mitinsassen predigt. Ich habe das Geschwätz in allen seinen Arten geschmäht – und bin selbst geschwätzig geworden. Ich bin vor den Geschwätzigen geflohen und bin selbst einer von ihnen.

Wird Gott mir meine Sünden vergeben, bevor er mich segnet und in eine Welt des Denkens, der Wahrheit und der Liebe versetzt, in der es keine Schwätzer gibt?

In dunkler Nacht

*Geschrieben im Ersten Weltkrieg während der
Hungersnot im Libanon*

In dunkler Nacht suchen wir einander und rufen um
Hilfe, während die Schreckensgestalt des Todes mitten
unter uns steht, ihre schwarzen Schwingen über uns
breitet und unsere Seelen mit eiserner Hand in den
Abgrund stößt.

In dunkler Nacht schreitet der Tod voran, und wir
folgen ihm furchtsam klagend nach. Keiner von uns
kann dem schicksalshaften Zug Einhalt gebieten oder
vermag zu hoffen, daß er jemals endet.

In dunkler Nacht marschiert der Tod, und wir ziehen
hinter ihm her. Dreht er sich um, so fallen Hunderte von
Seelen auf beiden Seiten der Straße. Und wer fällt,
schläft ein und wacht niemals mehr auf. Wer standhält
und nicht fällt, geht angstvoll weiter in der schreckli-
chen Gewißheit, daß er später fallen wird und auf
diejenigen trifft, die sich vor dem Tod schon geschlagen
gaben und den ewigen Schlaf bereits antraten. Und der

Tod schreitet weiterhin voran und starrt auf das ferne Zwielicht des Abends.

In dunkler Nacht ruft der Bruder seinen Bruder, der Vater den Sohn und die Mutter ihre Kinder, und die Schmerzen und Qualen des Hungers peinigen sie alle in gleicher Weise.

Der Tod leidet weder Hunger noch Durst. Er verschlingt unsere Seelen und Körper, er trinkt unser Blut und unsere Tränen und bekommt niemals genug.

Zu Beginn der Nacht ruft das Kind nach seiner Mutter und sagt: »Ich habe Hunger, Mutter«; und die Mutter antwortet: »Warte noch ein Weilchen, mein Kind.«

Um Mitternacht ruft das Kind erneut: »Ich bin hungrig, Mutter, gib mir Brot!« Und die Mutter antwortet ihm: »Ich habe kein Brot, mein geliebtes Kind.«

Gegen Ende der Nacht eilt der Tod herbei, ergreift Mutter und Kind mit seinen Schwingen, und beide schlafen nun für immer. Der Tod aber geht weiter, und er starrt auf das ferne Zwielicht.

Am Morgen geht der Bauer auf das Feld, um seiner Familie Nahrung zu besorgen, aber er findet nichts außer Staub und Steinen.

Am Mittag kehrt er mit leeren Händen zu seiner Frau und seinen schwachen, blassen Kindern zurück.

Und am Abend kommt der Tod, und der Mann, seine Frau und die Kinder legen sich zum ewigen Schlaf

47

nieder. Der Tod lacht und geht weiter, dem fernen Zwielicht des Abends entgegen.

Am Morgen verläßt ein anderer Bauer seine Hütte, um in die Stadt zu gehen. In der Tasche trägt er den Schmuck seiner Mutter und seiner Schwestern, um dafür Brot einzutauschen. Am Abend kehrt er ohne Brot und ohne Schmuck zurück, und er findet die Mutter und die Schwestern in ewigen Schlaf gesunken, ihre Augen starren ins Nichts. Daraufhin hebt er die Arme zum Himmel empor und fällt nieder wie ein Vogel, der von einem gnadenlosen Jäger abgeschossen wurde.

Und der Tod lacht erneut, als er sieht, daß der Mann, seine Mutter und die Schwestern vom Engel des Unglücks in den ewigen Schlaf gelockt wurden. Und er eilt weiter, dem fernen Zwielicht des Abends zu.

Ihr, die ihr im Licht des Tages wandelt, euch rufen wir aus dem endlosen Dunkel der Nacht. Hört ihr unser Schreien?

Wir haben euch die Geister unserer Toten als Sendboten geschickt. Habt ihr ihre Worte gehört?

Wir haben dem Ostwind unseren schweren Atem mitgegeben. Hat er eure fernen Küsten erreicht und seine Last in eure Hände gelegt? Seid ihr unseres Elends gewahr geworden? Denkt ihr an unsere Rettung, oder haltet ihr euren Frieden und Wohlstand fest und sagt: »Was können die Söhne des Lichts für die Söhne der

Dunkelheit tun? Laßt die Toten ihre Toten begraben, und Gottes Wille wird erfüllt sein.«

Ja, laßt den Willen Gottes erfüllt sein. Doch könntet ihr euch nicht über euch selbst erheben, auf daß euch Gott zu Werkzeugen seines Willens macht und zu unserer Hilfe einsetzt?

In dunkler Nacht rufen wir einander. Der Bruder ruft nach seinem Bruder, die Mutter nach ihrer Tochter. Der Mann ruft seine Frau und der Liebende seine Geliebte.

Und wenn sich unsere Rufe vereinen und das Herz des Himmels erreichen, hält der Tod inne und lacht. Er spottet unser, geht weiter und starrt auf das ferne Zwielicht des Abends.

Versilberter Unrat

EFFENDI SILMAN ist ein gutgekleideter Mann, groß und stattlich, fünfunddreißig Jahre alt. Er pflegt seinen Schnurrbart, trägt seidene Socken und Glanzlederschuhe, und in seiner feingliedrigen Hand hält er einen juwelenbesetzten Spazierstock mit goldenem Knauf. Er speist in den vornehmsten Gaststätten, wo sich die elegante Welt trifft. Mit seiner prächtigen Kutsche, die von reinrassigen Pferden gezogen wird, fährt er durch die Prachtstraßen der Stadt.

Effendi Silmans Reichtum ist nicht von seinem Vater ererbt, der (seine Seele ruhe in Frieden!) ein armer Mann gewesen war. Auch gelangte er nicht durch wohlüberlegte und zielstrebige Geschäftsführung zu Wohlstand. Nein, er ist faul, haßt es zu arbeiten und sieht jede Form von Anstrengung als Entwürdigung an.

Einmal hörten wir ihn sagen: »Mein Körper und mein Gemüt machen mich zur Arbeit ungeeignet. Arbeit ist für jene bestimmt, die einen schwerfälligen Charakter und einen gefühllosen Leib haben.«

Wie aber kam Silman zu so großem Reichtum? Was für ein Zauber verwandelte den Schmutz in seinen Händen in Gold und Silber? In diesem versilberten Unrat ist ein Geheimnis verborgen, das Azrael, der Engel des Todes, uns offenbarte und das wir euch nunmehr enthüllen:

Vor fünf Jahren heiratete Effendi Silman Lady Faheema, die Witwe des Betros Namaan, der für seine Rechtschaffenheit, Beharrlichkeit und harte Arbeit bekannt war.

Faheema war damals fünfundvierzig Jahre alt, doch süße sechzehn in ihrem Denken und Handeln. Heute färbt sie ihr Haar, und durch die Verwendung von Salben und Wässerchen gibt sie sich der Illusion hin, jung und schön zu bleiben. Silman, ihren jungen Gatten, sieht sie nur nach Mitternacht; da läßt er sich dann zu einem verächtlichen Blick und etlichen Gemeinheiten und Kränkungen ihr gegenüber herab. Und dies berechtige ihn, so meint er, das Geld, das ihr erster Mann im Schweiß seines Angesichts erworben hat, zu verschwenden.

EFFENDI ADEEB ist ein siebenundzwanzigjähriger Mann mit einer großen Nase, schmalen Augen, einem schmutzigen Gesicht und verkrusteten Fingernägeln an den tintenverschmierten Händen. Seine Kleider sind abgetragen und voller Öl, Schmiere und Kaffeeflecken.

Seine häßliche Erscheinung ist nicht die Folge von Armut, sondern seiner Beschäftigung mit geistigen und theologischen Problemen. Oft zitiert er das Wort von

Ameen El Jundy, nach dem ein Gelehrter nicht sauber und gescheit zugleich sein könne.

In seinen endlosen Reden hat Effendi Adeeb aber nichts zu sagen, außer daß er Urteile über andere fällt. Nachforschungen haben ergeben, daß er zwei Jahre lang auf einer Schule in Beirut Rhetorik studierte. Er schrieb Gedichte, Essays und Artikel, die aber nie gedruckt wurden. Der Grund, daß alles, was er schrieb, ins Archiv wanderte, liegt seiner Meinung nach in der Entartung der arabischen Presse und in der Unwissenheit der Leserschaft des Landes.

Kürzlich hat Effendi Adeeb damit begonnen, sich mit der alten und der neuen Philosophie zu beschäftigen. Er bewundert Sokrates und Nietzsche und genießt die Worte des Augustinus ebenso wie die von Voltaire und Rousseau. Bei einer Hochzeitsfeier eröffnete er ein Gespräch über Hamlet, doch er sprach mit sich allein, denn die Gäste zogen es vor zu trinken und zu singen.

Bei einer anderen Gelegenheit, einem Begräbnis, waren die Liebesgedichte des Ben Al Farid und die Weinlieder von Abi Nawaas Thema seiner Rede. Doch die Trauernden beachteten ihn nicht, denn der Schmerz hielt sie gefangen.

Wozu, so fragen wir uns oft, gibt es diesen Effendi Adeeb überhaupt? Welchen Sinn hat es, daß seine Schriften schimmeln und seine Papiere zu Staub zerfallen? Wäre es nicht besser für ihn, er würde sich einen Esel kaufen und ein nützlicher Fuhrmann werden?

Dies ist das Geheimnis, das in dem versilberten Unrat verborgen ist und das uns Baal-Zabul offenbarte. Nunmehr wollen wir es euch enthüllen:

Vor drei Jahren schrieb Effendi Adeeb ein Gedicht zu Ehren des Bischofs Joseph Shamoun. Seine Exzellenz legte die Hand auf die Schulter des Dichters, lächelte und sprach: »Gut gemacht, mein Sohn, Gott segne dich! Ich zweifle nicht an deiner Begabung. Eines Tages wirst du zu den großen Männern des Orients gehören.«

Bey Fareed Davis ist ein Mann Ende dreißig, groß, mit schmalem Kopf, breitem Mund, niedriger Stirn und einer Glatze. Sein Auftreten ist wichtigtuerisch, er bläht seinen Oberkörper und streckt seinen langen Nacken vor wie ein Kamel.

Wegen seiner lauten Stimme und seiner überheblichen Art könnte man meinen (vorausgesetzt man ist ihm noch nie zuvor begegnet), er sei der Minister eines großen Reiches und mit Staatsangelegenheiten sehr beschäftigt.

Doch Fareed hat nichts anderes zu tun, als die Verdienste seiner Vorfahren aufzuzählen und zu rühmen. Er liebt es auch, von den Heldentaten berühmter Männer wie Napoleon oder Antar zu berichten. Zudem sammelt er Waffen, deren Gebrauch er aber niemals erlernt hat.

Einer seiner Sprüche lautet: Gott hat zwei Klassen von Menschen geschaffen, die Führer und diejenigen, die ihnen dienen. Ein anderer Spruch besagt, daß das Volk einem sturen Esel gleiche, der sich nicht rührt, außer man schlägt ihn. Ein weiterer verkündet, daß die Schreibfeder für die Schwachen und das Schwert für die Starken bestimmt sei.

Was veranlaßt Fareed, mit seinen Vorfahren zu prahlen und sich so zu benehmen? Dies ist das Geheimnis, das in dem versilberten Unrat verborgen ist und das uns Satanael offenbarte. Wir werden es euch nunmehr enthüllen:

In der dritten Dekade des neunzehnten Jahrhunderts geschah es, daß der Gouverneur des Libanon, Emir Basheer, mit seinem Gefolge durch das Land zog. Sie kamen in eine Dorf, in dem Mansour Davis, der Großvater von Fareed, lebte. Es war ein überaus heißer Tag. Der Emir stieg vom Pferd und befahl seinen Leuten, im Schatten einer Eiche Rast zu machen.

Als Mansour Davis die Anwesenheit des Fürsten entdeckte, rief er die benachbarten Bauern zusammen, und die Nachricht verbreitete sich rasch im ganzen Dorf. Unter Mansours Führung brachten die Dorfbewohner dem Emir Körbe mit Weintrauben und Feigen, Töpfe voll Honig und Krüge mit Wein und Milch. Als sie bei der Eiche ankamen, kniete Mansour nieder und küßte das Gewand des Herrschers. Sodann erhob er sich, schlachtete ein Schaf zu Ehren des hohen Gastes und sagte: »Dieses Schaf ist für deine Mildtätigkeit, o Fürst und Beschützer unseres Lebens.« Der Emir, erfreut über solche Gastfreundschaft, sprach zu ihm: »Hierfür sollst du der Bürgermeister dieses Dorfes sein, und ich erlasse euch für dieses Jahr die Steuern.«

In der Nacht, nachdem der Emir fortgeritten war, trafen sich die Bewohner des Dorfes im Hause des »Scheichs« Mansour Davis und gelobten ihrem neu ernannten Anführer die Treue. Möge Gott ihren Seelen gnädig sein!

Es gibt zu viele Geheimnisse, die in versilbertem Unrat verborgen sind, als daß man sie alle aufzählen könnte. Tag für Tag enthüllen uns Teufel, Satan und Beelzebub einige davon, die wir euch mitteilen wollen, bevor der Engel des Todes uns unter seine Schwingen nimmt und zur jenseitigen Welt geleitet.

Es ist Mitternacht geworden, und unsere Lider werden schwer. Wir geloben, uns nun dem Schlummer hinzugeben, und vielleicht führt uns die schöne Braut der Träume in eine Welt, welche reiner ist als diese.

Eine Vision

Als die Nacht hereinbrach und der Schlaf sich über die Erde legte, stand ich auf und ging an das Ufer des Meeres, denn ich sagte mir: »Die See schläft niemals, und ihr Wachen bringt einer schlaflosen Seele Trost.«

Als ich zur Küste gelangte, hatte der Nebel aus den Bergen die ganze Gegend eingehüllt wie ein Schleier das Antlitz einer jungen Frau. Ich blickte auf die sich wiegenden Wogen, lauschte ihrem Lobgesang auf die Schöpfung und dachte über die ewige Kraft nach, die hinter ihnen verborgen liegt – jene Kraft, die mit dem Sturm herbeieilt, aus dem Vulkan aufsteigt, durch die Blüten der Rosen lächelt und in den Bächen singt.

Da sah ich plötzlich drei Erscheinungen auf einem Felsen sitzen. Ich stolperte auf sie zu, als ob mich eine unbekannte Macht gegen meinen Willen hinziehen würde.

Einige Schritte von ihnen entfernt ließ mich diese magische Kraft erstarren. In diesem Augenblick erhob sich eine der Erscheinungen und sprach mit einer Stimme, die aus den Tiefen des Meeres zu kommen schien:

»Leben ohne Liebe gleicht einem Baum ohne Blüten

und Früchte. Und Liebe ohne Schönheit ist wie eine Blume ohne Duft oder eine Frucht ohne Samen... Leben, Liebe und Schönheit sind eins; sie können weder getrennt noch ausgetauscht werden.«

Die zweite Erscheinung erhob daraufhin ihre Stimme, die wie ein Wasserfall klang:

»Leben ohne Aufruhr gleicht einem Jahr ohne Frühling. Und Aufruhr ohne Recht ist wie der Frühling in einer unfruchtbaren Wüste... Leben, Aufruhr und Recht sind eins; sie können weder getrennt noch ausgetauscht werden.«

Mit einer Stimme wie Donner sprach schließlich die dritte Erscheinung: »Leben ohne Freiheit gleicht einem Körper ohne Seele, und Freiheit ohne Denken ist wie ein verwirrter Geist... Leben, Freiheit und Denken sind eins; sie sind ewig und vergehen nie.«

Gemeinsam erhoben sich die drei Erscheinungen und sprachen mit einer einzigen gewaltigen Stimme:

»Was die Liebe erzeugt,
Was der Aufruhr hervorbringt,
Und die Freiheit aufrichtet,
Ist die dreifache Offenbarung Gottes.
Und Gott ist der Ausdruck
Der Vernunft des Universums.«

In diesem Augenblick wurde die Stille durchdrungen vom Rauschen unsichtbarer Flügel und vom Vibrieren ätherischer Wesen; und sie obsiegte.

Ich schloß die Augen und lauschte dem Nachhall der Worte, die ich eben gehört hatte. Als ich wieder aufblickte, sah ich nichts als die See – in Nebel gehüllt. Ich ging zu dem Felsen, auf dem die drei Erscheinungen gesessen hatten, aber ich bemerkte nichts außer einer Weihrauchwolke, die zum Himmel emporstieg.

Gemeinschaft des Geistes

Wach auf, Geliebte, wach auf! Mein Geist ruft dich über das Meer hinweg, und er bietet dir seine Schwingen über den tobenden Wogen dar.

Wach auf, denn die Stille hat dem Lärm der Pferdehufe und dem Getrampel der Vorbeiziehenden Einhalt geboten.

Schlaf hält den Geist der Menschen umfangen, während allein ich noch wach bin. Sehnsucht hebt mich über die schützende Hülle des Schlummers.

Die Liebe bringt mich dir so nahe, doch dann führt die Angst mich wieder weit fort.

Ich habe mein Lager verlassen, denn ich fürchte den Geist des Vergessens, der sich in den Falten der Decken verbirgt.

Mein Buch habe ich beiseite gelegt, denn meine Seufzer ließen die Worte verstummen und die Seiten vor meinen Augen leer werden.

Wach auf, wach auf, Geliebte, und höre mich!

Ich höre dich, Geliebte! Ich hörte deinen Ruf von jenseits des Meeres und spürte den sanften Schlag deiner Schwingen. Ich bin aufgestanden und in den Garten gegangen, und der Tau der Nacht hat meine Füße und den Saum meines Kleides benetzt. Hier stehe ich unter den Blüten des Mandelbaumes und achte auf den Ruf deiner Seele.

Sprich zu mir, Geliebte, und laß deinen Atem den Windhauch besteigen, der aus den Tälern des Libanon zu mir kommt. Sprich, keiner hört dich außer mir. Die Nacht hat all die anderen zu ihrer Bettstatt geführt.

Der Himmel hat aus dem Mondlicht einen Schleier gewebt und ihn über den Libanon gebreitet. Aus den Schatten der Nacht hat er einen dichten Umhang gewirkt, der vom Rauch der Fabriken und dem Atem des Todes umsäumt ist, und er legte ihn über die Stadt, meine Geliebte.

Die Dorfbewohner, deren Hütten inmitten von Weiden und Walnußbäumen stehen, haben sich dem Schlaf hingegeben. Ihre Seelen, Geliebte, sind ins Land der Träume aufgebrochen.

Die Menschen gehen gebeugt unter der Last des Goldes, und die steile, grasbewachsene Straße lähmt ihren Gang. Ihre Lider sind schwer von Zerwürfnis und Kummer, und sie fallen in ihr Bett, als wäre es ein Zufluchtsort vor den Geistern der Angst und der Verzweiflung.

Die Gespenster vergangener Zeiten gehen in den Tälern um, und die Geister der Könige und Propheten schweben über den Hügeln und Bergen. Und meine Gedanken offenbaren mir in der Erinnerung die Macht der Chaldäer, den Glanz der Assyrer und die adlige Gesinnung der Araber.

In den finsteren Straßen aber treiben sich die häßlichen Erscheinungen von Dieben herum, die Schlangenköpfe der Lüsternheit tauchen aus den Spalten der Schutzwälle auf, und das Fieber der Krankheit läuft schaudernd – vereint mit Todesqualen – durch die Stadt. Die Erinnerung hat den Schleier des Vergessens von meinen Augen genommen und hat mir die Widerlichkeit Sodoms und die Sünden Gomorrhas aufgezeigt.

Die Zweige wiegen sich im Wind, Geliebte, und das Rascheln ihrer Blätter begleitet das Murmeln des Baches im Tal. Sie lassen das Hohelied Salomons, die Weisen von Davids Harfe und die Gedichte von Ishak-al-Mausili an unser Ohr gelangen.

Die Seelen hungriger Kinder zittern in den Elendsquartieren, und die Seufzer der Mütter auf den Lagern der Verzweiflung haben den Himmel erreicht. Träume der Angst quälen das Herz der Schwachen; ich höre ihre bitteren Klagen.

Der Duft der Blumen hat sich mit dem würzigen Geruch der Zedern vermischt. Eine leichte Brise weht über die Hügel, sie füllt die Herzen mit Liebe an und läßt den Wunsch aufkommen, hochzufliegen.

Doch aus den Sümpfen steigen Seuchen auf und breiten

sich aus. Wie unsichtbare scharfe Pfeile sind sie in die Sinne eingedrungen und haben die Luft verpestet.

Es ist Morgen geworden, Geliebte, und die sanften Finger des Erwachens streicheln die Augen der Träumenden. Licht strömt durch die Fenster und kündet von der Entschlossenheit und vom Glanz des Lebens. Die Dörfer, die friedlich und still an den Hängen des Tales liegen, erwachen aus ihrem Schlummer, der Klang der Kirchenglocken erfüllt die Luft und fordert freundlich zur Morgenandacht auf; und aus den Höhlen tönt ihr Echo, als würde sich die ganze Natur in andächtigem Gebet begegnen. Kälber, Schafe und Ziegen haben ihre Stallungen verlassen, um auf dem glitzernden, taunassen Gras zu weiden. Die Schäfer gehen voran und blasen auf ihren Rohrflöten, hinter ihnen ziehen die jungen Mädchen und singen wie die Vögel, die den Morgen willkommen heißen.

Aber nun liegt die schwere Hand des Tages auf der Stadt. Die Vorhänge werden zurückgezogen und die Türen geöffnet. Müde Augen und von schwerer Arbeit gezeichnete Gesichter tauchen in den Werkstätten auf. Sie fühlen, wie der Tod in ihr Leben drängt, und auf ihren vergrämten Mienen spiegeln sich Angst und Verzweiflung. Die Straßen sind mit hastenden, habgierigen Menschen überfüllt, und überall ist das Klirren von Eisen, das Rattern von Rädern und das Pfeifen von Dampfmaschinen zu vernehmen. Die Stadt hat sich in ein Schlachtfeld verwandelt, auf dem die Starken die Schwachen niederringen und die Reichen die Armen ausbeuten und unterdrücken.

Wie schön ist das Leben, Geliebte! Es ist wie das Herz eines Dichters, voll von Licht und Zärtlichkeit.

Und wie grausam ist es, meine Liebe, es gleicht dem Herzen eines Verbrechers und pocht in Verderbtheit und Angst.

Unter der Sonne

Ich sah an alles Tun, das unter der Sonne geschieht, und siehe, es war alles eitel und ein Haschen nach Wind.

PREDIGER SALOMO, 1, 14

O Geist des Salomo, der du in der Sphäre des Äthers schwebst! Du, der du das zerlumpte Gewand der Materie abgelegt hast, hinterließest uns diese Worte, die aus Schwachheit und Elend geboren wurden und diejenigen entmutigen, die noch in ihrer Körperlichkeit gefangen sind.

Du weißt, daß in diesem Leben ein Sinn liegt, den selbst der Tod nicht leugnen kann. Aber wie soll die Menschheit zu diesem Wissen gelangen, das sie ja erst dann gewinnen kann, wenn die Seele von ihren irdischen Fesseln befreit ist?

Du merkst jetzt, daß das Leben kein Haschen nach Wind ist, daß von dem Tun, das unter der Sonne geschieht, nicht alles eitel ist und daß irgendwie alles schon immer auf die Wahrheit hin ausgerichtet war und es immer sein wird.

Wir traurigen Kreaturen meinen stets, deine irdischen Worte seien von großer Weisheit, aber sie sind Fensterläden, die den Verstand verdunkeln und die Hoffnung verfinstern.

Nun verstehst du, daß es für Unwissenheit, Laster und Gewalt einen Grund gibt und daß Schönheit die Enthüllung der Weisheit ist, der Lohn der Tugend und die Frucht der Gerechtigkeit.

Nun weißt du, daß Kummer und Armut das Herz des Menschen läutern, obwohl unser kranker Verstand außer Behaglichkeit und Glück nichts Wertvolles in diesem Universum findet.

Du erkennst jetzt, daß der Geist zum Lichte strebt, ungeachtet der Not der ganzen Welt. Immer noch wiederholen wir deine Worte, nach denen der Mensch nichts als ein Spielzeug in der Hand des Unbekannten ist.

Du hast es bedauert, daß du die Ohnmacht gegenüber dem Leben in dieser Welt in unsere Herzen pflanztest und daß du sagtest, wir würden das Leben erst im Jenseits verstehen. Ungeachtet dessen bestehen wir darauf, deine irdischen Worte zu beachten.

O Geist des Salomo, der jetzt in der Ewigkeit wohnt, enthülle dich denen, welche die Weisheit lieben, und lehre sie, den Pfad der Irrlehren und des Elends nicht zu betreten. Vielleicht wäre dies die Sühne für einen unbeabsichtigten Fehler.

Ein Blick in die Zukunft

Von jenseits der Mauer des Gegenwärtigen drangen die Lobgesänge der Menschen an mein Ohr. Ich vernahm die Klänge der Glocken, die den Beginn des Gebets im Tempel der Schönheit ankündigten. Diese Glocken waren aus dem Metall des Gefühls gegossen und schwebten über dem heiligen Altar des menschlichen Herzens.

Jenseits der Zukunft sah ich die Massen am Busen der Natur beten. Sie blickten nach Osten und warteten auf das überflutende Licht des Morgens – des Morgens der Wahrheit.

Ich blickte auf die zerstörte Stadt und sah, daß nichts übriggeblieben war, was dem Menschen von der Vernichtung der Unwissenheit und dem Triumph des Lichtes erzählen konnte.

Ich sah die Alten im Schatten der Zypressen und der Weidenbäume sitzen. Junge Leute umringten sie und lauschten ihren Erzählungen aus früheren Zeiten.

Ich hörte junge Männer die Gitarre spielen und die Flöte blasen, während leichtgeschürzte Mädchen unter Jasminbäumen tanzten.

Ich sah die Bauern den Weizen ernten; ihre Frauen banden die Garben und sangen heitere Lieder.

Ich sah die Frauen sich mit einer Lilienkrone und einer Girlande aus grünen Blättern schmücken.

Ich sah die Freundschaft zwischen dem Menschen und allem Lebendigen fester werden. Und ich sah Vögel und Schmetterlinge in Scharen an die Bäche fliegen – zufrieden und sicher. Ich sah weder Armut, noch traf ich auf Überfluß. Und ich nahm wahr, daß Brüderlichkeit und Gleichheit unter den Menschen herrschten.

Ich sah keinen einzigen Arzt, denn jeder hatte die Mittel und Kenntnisse, sich selbst zu heilen.

Ich fand keinen Priester, denn das Gewissen allein war der Hohepriester geworden. Auch sah ich keinen Rechtsgelehrten, denn die Natur selbst hatte die Stelle der Gerichtshöfe eingenommen. Und zahlreiche Freundschafts- und Partnerschaftsverträge wurden abgeschlossen.

Ich sah, daß der Mensch sich dessen bewußt war, daß er der Eckstein der Schöpfung ist. Er hatte sich selbst über seine Niedrigkeit erhoben und den Schleier der Verwirrung von den Augen seiner Seele weggezogen. Diese Seele kann nunmehr lesen, was die Wolken auf das Gesicht des Himmels schreiben und was der Wind auf die Oberfläche des Wassers malt. Sie versteht jetzt die Bedeutung des Wohlgeruchs der Blume und den Sinn der Melodien der Nachtigall.

Jenseits der Mauer des Gegenwärtigen, auf der Schau-
bühne kommender Zeiten sah ich Schönheit und Geist
sich vermählen, und das Leben war die festliche Nacht
von Kedre.*

* Eine Nacht während der moslemischen Fastenzeit, in der Gott – wie man
sagt – die Wünsche der Frommen erfüllt.

Die Göttin der Phantasie

Nach einer ermüdenden Reise erreichte ich die Ruinen von Palmyra. Dort ließ ich mich erschöpft auf das Gras fallen, das um die Säulen wucherte, die von der Zeit zerschmettert und niedergeworfen worden waren und den Trümmern glichen, die einfallende kriegerische Truppen hinterlassen.

Als die Nacht hereinbrach und der schwarze Mantel der Stille alle Geschöpfe einhüllte, nahm ich einen sonderbaren Duft wahr, so edel wie Weihrauch und so berauschend wie Wein. Mein Geist tat sich auf, um von diesem himmlischen Nektar des Äthers zu trinken. Da schien es mir, als ob sich eine verborgene Hand auf meine Sinne legte, und meine Lider wurden schwer, während mein Geist sich von seinen Fesseln befreit fühlte.

Die Erde unter meinen Füßen begann zu schwanken, und der Himmel über mir erzitterte. Ich sprang auf, als würde mich eine geheimnisvolle Kraft nach oben ziehen, und fand mich auf einer Wiese wieder, die so beschaffen war, wie es ein menschliches Wesen noch nie erblickt hatte. Ich befand mich inmitten einer Schar junger Mädchen, die nichts trugen außer dem, was Gott ihnen an Schönheit gegeben hatte. Sie tanzten um mich herum, ohne mit den Füßen das Gras zu berühren, und sangen Lieder, in denen sie die Träume der Liebe zum Ausdruck brachten. Jedes Mädchen spielte auf einer Laute aus Elfenbein mit goldenen Saiten.

Ich gelangte an eine weite Lichtung, in deren Mitte ein Thron stand. Er war mit Edelsteinen verziert und wurde von den Strahlen des Regenbogens angeleuchtet. Die Jungfrauen stellten sich zu beiden Seiten des Thrones auf, erhoben ihre Stimme und blickten in die Richtung, aus welcher der Duft von Myrrhe und Weihrauch strömte. Die Bäume standen in Blüte, und es trat eine mit Blumen bekränzte Königin zwischen ihnen hervor, die majestätisch zum Thron schritt. Als sie sich setzte, flog eine Schar schneeweißer Tauben vom Himmel herab und ließ sich im Halbrund ihr zu Füßen nieder, während die Mädchen Lobgesänge anstimmten. Ich stand da und betrachtete, was noch keines Menschen Auge gesehen und noch nie eines Menschen Ohr gehört hatte.

Die Königin gab ein Zeichen, und es wurde still. Und mit einer Stimme, die meine Sinne erbeben ließ wie die Saiten einer Laute unter der Hand des Spielers, sprach sie: »Mensch, ich habe dich gerufen, denn ich bin die Göttin der Phantasie. Ich habe dir die Ehre gewährt, vor mich, die Königin des weiten Landes der Träume, zu treten. Achte auf meine Gebote, denn ich befehle dir, sie allen Menschen zu überbringen. Erkläre ihnen, daß die Stadt der Träume einem Hochzeitssaal gleicht, an dessen Eingang ein mächtiger Riese Wache hält. Niemand darf ohne festliche Kleidung eintreten. Lasse sie wissen, daß diese Stadt ein Paradies ist, vom Engel der Liebe bewacht, und daß keiner dieses Paradies je sehen wird außer demjenigen, auf dessen Stirn das Zeichen der Liebe geschrieben steht.

Führe ihnen diese schönen Gefilde vor Augen, in deren Bächen Nektar und Wein fließen und deren Vögel im Himmel schweben und mit den Engeln singen. Erzähle ihnen vom berauschenden Duft der Blume hier und tu ihnen kund, daß nur der Sohn des Traumes dieses zarte Gras betreten darf.

Sage ihnen, daß ich dem Menschen einen Kelch voll Freude gereicht habe, doch er – in seiner Unwissenheit – schüttete ihn aus. Daraufhin füllten die Engel der Dunkelheit ihn mit dem Gebräu des Kummers. Der Mensch trank und wurde berauscht.

Sage ihnen, daß keiner die Lyra des Lebens zu spielen vermag, bevor nicht seine Finger durch meine Berührung gesegnet und seine Augen durch den Anblick meines Thrones geheiligt wurden.

Jesaja fügte die Worte der Weisheit wie eine Kette von Edelsteinen zusammen und befestigte sie an meiner Liebe. Johannes erzählte seine Offenbarung in meinem

Namen. Und Dante konnte den Zufluchtsort der Seelen nicht ohne mein Geleit erforschen. Ich bin das Sinnbild, das die Wirklichkeit umarmt, und bin die Wirklichkeit, durch welche die Einzigartigkeit des Geistes enthüllt wird. Ich bin der Zeuge, der die Taten der Götter bestätigt.

Wahrlich, ich sage dir, die Gedanken wohnen über der sichtbaren Welt, und ihre himmlischen Höhen sind nicht umwölkt von sinnlich Wahrnehmbarem. Die Vorstellungskraft findet einen Weg zum Reich der Götter, und dort kann der Mensch das erblicken, was nach der Befreiung der Seele von der Welt der Materie sein wird.«

Und die Göttin der Phantasie zog mich mit ihrem geheimnisvollen Blick an sich, küßte meine brennenden Lippen und sprach: »Erzähle den Menschen, daß derjenige, der seine Tage nicht im Reich der Träume verbringt, ein Sklave der Zeit ist.«

Daraufhin erklangen die Stimmen der Jungfrauen abermals, und der Duft von Weihrauch stieg zum Himmel empor. Die Erde begann zu schwanken, und der Himmel erzitterte. Und plötzlich fand ich mich wieder zwischen den traurigen Ruinen von Palmyra.

Der Morgen dämmerte bereits, und auf meinen Lippen lagen die Worte: »Derjenige, der seine Tage nicht im Reich der Träume verbringt, ist ein Sklave der Zeit.«

Volk und Geschichte

Eine Schäferin saß an einem Bach, der sich am Fuße des Libanon durch die Felsen schlängelte, inmitten ihrer Herde, die auf dem vertrockneten Gras weidete. Sie blickte in das ferne Zwielicht, als zöge die Zukunft an ihrem Inneren vorbei. In ihren Augen standen Tränen wie Tautropfen in den Blumen. Ein kummervoller Zug lag um ihre Lippen, und ihr Herz seufzte.

Als die Sonne unterging und die Hügel und Berge sich in Schatten hüllten, stand mit einem Mal die Geschichte vor dem Mädchen. Sie hatte die Gestalt eines alten Mannes angenommen, dessen weißes Haar wie Schnee auf seinen Schultern und auf seiner Brust lag. In der Rechten hielt er eine scharfe Sichel, und mit einer Stimme, die wie die See toste, sprach er: »Friede sei mit dir, Syrien.«*

Zitternd vor Furcht erhob sich die Jungfrau. »Was wünschest du von mir, o Geschichte?« fragte sie. Dann deutete sie auf ihre Schafe: »Das ist der Rest einer großen Herde, die einst durch dieses Tal zog. Es ist

* Als diese Geschichte geschrieben wurde, waren der Libanon und Syrien zu einem einzigen Land Syrien vereinigt.

alles, was mir deine Habsucht gelassen hat. Bist du nun gekommen, um deine Gier auch noch daran zu stillen? Diese Ebenen, die einst so ertragreich waren, wurden durch deine trampelnden Füße zu unfruchtbarem Staub. Meine Rinder, die früher zwischen den Wiesenblumen weideten und reichlich Milch gaben, müssen nun an Disteln kauen und bleiben mager, und es ist zwecklos, sie zu melken.

Fürchte Gott, o Geschichte, und quäle mich nicht länger. Dein Anblick machte mir das Leben verhaßt, und die Grausamkeit deiner Sichel lehrte mich den Tod lieben.

Laß mich in meiner Einsamkeit den Kelch des Kummers leeren, meinen allerbesten Wein. Zieh weiter gen Westen, wo die Hochzeit des Lebens gefeiert wird. Laß mich hier den Verlust beklagen, den du verursacht hast.«

Die Geschichte verbarg die Sichel in den Falten ihres Gewandes, blickte das Mädchen an wie ein liebender Vater sein Kind und sprach: »O Syrien, was ich dir genommen habe, waren meine eigenen Geschenke. Wisse, daß deine Nachbarvölker auch Anrecht haben auf einen Teil des Ruhms, der deiner war. Was ich dir gab, muß ich auch ihnen geben. Deine Lage ist wie die Ägyptens, Persiens und Griechenlands, denn jedes dieser Länder hat ebenso magere Herden und vertrocknetes Weideland. Was du Erniedrigung nennst, ist nur ein

75

unerläßlicher Schlaf, aus dem du dich gestärkt erheben wirst. Nur durch den Tod kehrt die Blume zum Leben zurück, und die Liebe blüht allein durch die Trennung wieder auf.«

Der alte Mann trat an das Mädchen heran, streckte seine Hand aus und sagte: »Ergreife diese Hand, Tochter des Propheten.« Und sie ergriff sie, blickte ihn unter einem Schleier von Tränen an und sagte: »Leb wohl, o Geschichte, leb wohl.« Und die Geschichte antwortete: »Bis wir uns wiedersehen, Syrien, bis wir uns wiedersehen.«

Und der alte Mann verschwand mit Blitzesschnelle. Die Schäferin aber rief ihre Herde zusammen, machte sich auf den Weg und sprach zu sich: *»Wird es ein Wiedersehen geben?«*

Das stumme Tier

*Der Blick eines stummen Tie-
res kann sprechen, doch nur
die Seele eines Weisen vermag
diese Worte wirklich zu verstehen.*

Indische Dichtung

In der Dämmerung eines herrlichen Tages, als mein
Verstand von Phantasiebildern übermannt wurde, kam
ich am Rande der Stadt vorbei und verweilte vor einem
verlassenen Haus, von dem nur noch Schutt übriggeblieben war.
In diesem Schutt lag ein Hund auf Schmutz und Asche.
Er war von Wunden gezeichnet, und Krankheit hatte
seinen geschwächten Körper niedergestreckt. Ab und
zu blickte er zur untergehenden Sonne, und seine traurigen Augen berichteten von Demütigung, Verzweiflung und Elend.
Langsam ging ich zu ihm hin. Ich wünschte, die Sprache der Tiere zu beherrschen, um ihn voll Mitleid

trösten zu können. Doch meine Annäherung ängstigte ihn, und er versuchte zitternd, auf seine steifen Beine zu kommen. Aber er fiel wieder hin und warf mir einen Blick zu, in dem gleichzeitig hilfloser Zorn und stumme Demut lagen.

Dieser Blick sprach eine deutlichere Sprache als die Tränen eines Mannes oder – noch bewegender – als die einer Frau. Und ich verstand, was er sagen wollte:

»Mensch, durch deine Grausamkeit und deine Nachstellung bin ich krank geworden.

Ich bin vor deinen Fußtritten geflohen und halte mich hier versteckt, denn Staub und Asche sind barmherziger als deinesgleichen, und diese Ruinen sind weniger traurig als eure Seele. Fort mit dir, du Eindringling aus der Welt der Wirrnis und der Ungerechtigkeit.

Ich bin eine elende Kreatur, die den Söhnen Adams ergeben und treu diente. Ich war des Menschen bester Freund, und Tag und Nacht beschützte ich ihn. Ich war traurig, wenn er fort war, und wenn er wiederkam, begrüßte ich ihn freudig. Ich gab mich mit den Krumen zufrieden, die von seinem Tisch fielen, und war glücklich über die Knochen, die er mir übrigließ. Doch als ich alt und krank wurde, schickte er mich fort und überließ mich den grausamen Gassenjungen.

O Sohn Adams, ich sehe die Gleichartigkeit zwischen mir und deinen Mitmenschen, wenn das Alter auch sie unbrauchbar macht. In der Blüte ihres Lebens kämpften sie als Soldaten für ihr Land und bestellten später seine Äcker. Doch nun, da der Winter ihres Lebens gekommen ist, braucht man sie nicht länger, und sie werden abgeschoben.

Ich sehe auch eine Ähnlichkeit zwischen meinem Schicksal und dem einer Frau, die als anmutiges Mädchen das Herz eines Jünglings entflammte und später als Mutter ihr Leben den Kindern widmete. Doch jetzt, da sie alt geworden ist, wird sie nicht mehr beachtet und sogar gemieden. Wie tyrannisch bist du, Sohn des Adam, und wie grausam.«

So sprach das stumme Tier, dessen Worte mein Herz wohl verstanden hatte.

Gedichte und Dichter

Wenn meine Dichtergenossen geahnt hätten, daß die Versketten, die sie schmiedeten, und die Strophen, deren Metren sie festlegten und gliederten, eines Tages zu Zügeln würden, welche die Begabung zurückhalten, sie hätten ihre Manuskripte zerrissen.

Wenn Al-Mutanabbi*, der Prophet, und der Seher Al-Farid** im voraus gewußt hätten, daß das, was sie geschrieben hatten, eine Quelle der Unfruchtbarkeit und ein aufgezwungener Leitfaden für die Dichter unserer Tage werden würde, hätten sie ihre Tinte in die Wogen des Vergessens gegossen und ihre Schreibfedern mit lässiger Hand zerbrochen.

Hätte der Geist von Homer, Vergil, Al-Maary*** und Milton gewußt, daß die Dichtung zum Schoßhund der Reichen verkommen würde, er hätte eine Welt, in der solches sich ereignen konnte, verlassen.

---

* Das Wort Al-Mutanabbi meint jemanden, der prophezeit oder predigt. Al-Mutanabbi war ein berühmter arabischer Dichter, dessen Werke in mehrere Sprachen übersetzt wurden.
** Ein bekannter arabischer Dichter und Philosoph.
*** Ein arabischer Dichter des 19. Jahrhunderts, der mit vier Jahren erblindete und als Genie angesehen wurde.

Es betrübt mich, die Sprache des Geistes zu hören, wenn sie von den Zungen Unwissender dahergeschwätzt wird. Es schmerzt meine Seele, wenn sie sieht, wie der Wein der Musen über die Federkiele von Angebern fließt.

Man findet mich hier aber nicht allein im Tale des Unwillens. Ich bin nur einer von vielen, die sehen, wie der Frosch sich aufbläht, um den Stier nachzuahmen.

Die Dichtung, meine teuren Freunde, ist die geheiligte Verkörperung eines Lächelns, sie ist ein Seufzer, der Tränen zu trocknen vermag. Dichtung ist eine Gesinnung, die in der Seele wohnt. Ihre Speise ist das Herz und die Liebe ihr Trank. Dichtung, die nicht in dieser Gestalt auftritt, ist eine falsche Botschaft.

O Geist der Dichter, der du uns vom Reich der Ewigkeit aus beschützest, wir treten vor die Altäre, die du mit den Perlen deiner Gedanken und den Juwelen deiner Seele geschmückt hast, denn wir werden vom Klirren des Eisens und vom Lärm der Fabriken niedergedrückt; deshalb sind unsere Gedichte schwer wie Güterzüge und lästig wie das Pfeifen der Dampfmaschine.

Doch ihr, die wahren Dichter, vergebt uns. Wir gehören zu einer neuen Welt, in der die Menschen nach irdischen Gütern trachten; daher ist heute auch die Dichtung eine Handelsware und nicht mehr der Atem der Unsterblichkeit.

Inmitten der Ruinen

Der Mond legte seinen feinen Schleier über die Gärten der Sonnenstadt,* und Stille umhüllte alles Sein. Die zerstörten Paläste sahen bedrohlich aus und glichen höhnisch grinsenden Ungeheuern.

Um diese Stunde saßen zwei Erscheinungen, die wie Dunst aus dem Wasser des Sees gestiegen waren, auf einer Marmorsäule und betrachteten die geheimnisvolle Szenerie. Eine hob den Kopf und sagte mit einer Stimme, die wie ein Echo widerhallte:

»Dies sind die Überreste des Tempels, den ich für dich errichtete, meine Geliebte, und dies ist der Schutt eines Palastes, den ich dir zur Freude erbauen ließ. Nicht mehr blieb davon übrig, um den Völkern von dem Ruhm zu künden, dem ich mein Leben weihte, und von dem Prunk, um dessentwillen ich die Schwachen ausbeutete. Denke und sinne über die Elemente nach, die über meine Stadt triumphierten, meine Geliebte, und über die Zeit, die auf diese Weise meine Bemühungen zunichte machte.

* gemeint sind die Ruinen von Baalbek

Vergessen hat das Reich, das ich erbaute, ausgelöscht, und nichts ist übriggeblieben außer der Liebe, die deine Schönheit erschaffen hat, und der Wirkung der Schönheit, zu der deine Liebe den Anstoß gab.

Zu Jerusalem erbaute ich einen Tempel, und die Priester weihten ihn, doch die Zeit hat ihn zerstört. Aber der Altar, den ich der Liebe in meinem Herzen errichtete, wurde von Gott gesegnet und gegen die Mächte der Vernichtung aufrechterhalten.

Die Menschen sagten über mich: ›Welch weiser König er doch ist‹, aber die Engel sprachen: ›Wie gering ist seine Weisheit.‹ – Die Engel freuten sich, als ich dich fand, meine Geliebte, und als ich für dich das Lied der Liebe und der Sehnsucht sang; doch die Menschen hörten keinen Ton von meinem Gesang...

Die Tage meiner Herrschaft schränkten mein Verständnis für Liebe und für die Schönheit des Lebens ein, doch als ich dich erblickte, erwachte die Liebe und zerstörte diese Schranken. Ich beklagte das Leben, das ich bisher geführt hatte und in welchem ich alles unter der Sonne für eitel hielt.

Als mich die Liebe erleuchtete, wurde ich demütig, sowohl den Stämmen gegenüber, die meine Gewalt gefürchtet hatten, als auch vor meinem eigenen Volk.

Und als der Tod herbeikam, vergrub er meine tödlichen Waffen in der Erde und führte meine Liebe zu Gott hin.«

Daraufhin sprach die andere Erscheinung: »Wie die Blume ihr Leben und ihren Duft von der Erde erhält, so bezieht die Seele Weisheit und Stärke aus den Irrtümern der Materie.«

Die beiden Erscheinungen verschmolzen ineinander und sprachen, während sie entschwanden:

> »Liebe hat nur in der Ewigkeit Bestand,
> Denn sie gleicht der Ewigkeit.«

Am Tor des Tempels

Ich reinigte meine Lippen mit heiligem Feuer, da ich von der Liebe sprechen wollte; doch ich konnte keine Worte finden.

Als ich die Liebe kennenlernte, wandelten sich meine Worte in mattes Keuchen, und das Lied in meinem Herzen wurde stumm.

O ihr, die ihr mich nach der Liebe fragt und die ich euch von ihren Geheimnissen und Wundern überzeugen wollte – jetzt, da sie ihren Schleier um mich geworfen hat, komme ich zu euch, um euch nach der Liebe Lauf und Lohn zu fragen.

Wer kann meine Fragen beantworten? Ich frage nach dem, was in mir vorgeht; und ich strebe danach, über mich selbst Kenntnis zu erhalten.

Wer von euch vermag es, mir mein Innerstes und meiner Seele ihren Kern zu enthüllen?

Um der Liebe willen, sagt mir, was ist das für eine Flamme, die in meinem Herzen brennt, die meine Kräfte aufzehrt und meinen Willen lähmt?

Was ist das für eine verborgene Hand, die zärtlich und gewaltsam zugleich nach meiner Seele greift? Was ist das für ein Wein, der aus bitterer Freude und süßem Schmerz gemischt ist und mein Herz überströmen läßt? Was sind das für Schwingen, die in der Stille der Nacht über mir schweben und mich schlaflos halten; und keiner weiß, worüber sie wachen.

Was ist das für ein unsichtbares Ding, auf das ich blicke? Was ist das Unbegreifliche, über das ich nachdenke, und was ist das für ein Empfinden, das nicht gefühlt werden kann?

In meinen Seufzern liegt eine Trauer, die schöner ist als der Widerhall des Lachens und hinreißender als die Freude.

Weshalb überlasse ich mich dieser unbekannten Macht, die mich erschlägt und mich wieder zum Leben erweckt, sobald es dämmert, und die meinen Kummer mit ihrem Licht erfüllt?

Die Gespenster der Schlaflosigkeit zittern unter meinen brennenden Lidern, und die Schatten der Träume schweben über meinem harten Lager.

Was ist es, das wir Liebe nennen? Sagt mir, was ist dieses Geheimnis, das sich in den Zeiten verbirgt und doch jedes Bewußtsein durchdringt?

Was macht dieses Bewußtsein aus, das zugleich Ursprung und Ergebnis aller Dinge ist?

Was bedeutet dieses Wachsein, das aus Leben und Tod einen Traum formt, der seltsamer ist als das Leben und tiefer als der Tod?

Sagt mir, Freunde, gibt es einen unter euch, der nicht aus dem Schlummer des Lebens erweckt würde, wenn die Liebe seine Seele berührt?

Wer von euch würde nicht seinen Vater und seine Mutter verlassen, sobald ihn die Jungfrau ruft, die sein Herz liebt?

Wer von euch würde nicht über ferne Meere segeln, die Wüsten durchziehen und den höchsten Berg besteigen, um die Frau zu treffen, die seine Seele erwählt hat?

Welches Jünglingsherz würde nicht dem Mädchen bis an das Ende der Welt folgen, von dessen duftendem Atem, süßer Stimme und sanfter Hand seine Seele hingerissen ist?

Welches lebende Wesen würde nicht sein Herz wie Weihrauch verbrennen vor einem Gott, der seine Bitten erfüllt und seine Gebete erhört?

Gestern stand ich am Tor des Tempels und befragte die Vorübergehenden nach dem Geheimnis und dem Verdienst der Liebe.

Da trat ein Mann mit einem abgezehrten und schwermütigen Gesicht vor mich hin, seufzte und sprach:

»Die Liebe ist eine natürliche Schwäche, die uns vom ersten Menschen auferlegt wurde.«

Doch ein junger Mann erwiderte:

»Die Liebe verbindet die Gegenwart mit der Vergangenheit und der Zukunft.«

Eine unglücklich aussehende Frau seufzte:

»Die Liebe ist ein tödliches Gift, das von schwarzen Vipern, die aus der Hölle stammen, verspritzt wird. Es scheint wie Morgenduft zu sein, und die durstige Seele trinkt es begierig; doch nach dem ersten Rausch erkrankt der Trinkende und stirbt einen langsamen Tod.«

Daraufhin sagte lächelnd ein schönes Mädchen mit roten Wangen:

»Die Liebe gleicht dem Wein, den die Bräute der Dämmerung kredenzen. Er macht starke Seelen noch stärker und ermöglicht ihnen den Aufstieg zu den Sternen.«

Nach ihr sprach ein schwarz gekleideter bärtiger Mann, der finster blickte:

»Die Liebe ist die blinde Unwissenheit, mit der die Jugend beginnt und mit der sie endet.«

Und ein anderer lächelte und erklärte:

»Die Liebe ist ein göttliches Wissen, das es den Menschen ermöglicht, so viel zu sehen wie die Götter.«

Ein blinder Mann, der sich seinen Weg mit einem Stock ertastete, meinte:

»Die Liebe ist ein blind machender Nebel, der die Seele davon abhält, das Geheimnis des Seins wahrzunehmen, so daß das Herz nur zitternde Phantome des Verlangens inmitten der Hügel wahrnimmt und nur das Echo der Schreie aus den tonlosen Tälern hört.«

Ein Jüngling mit einer Laute sang:

»Die Liebe ist ein geheimnisvoller Strahl, der vom

brennenden Kern der Seele ausgesendet wird und die Erde rundum erhellt. Er ermöglicht uns, das Leben wie einen geheimnisvollen Traum von Erwachen zu Erwachen wahrzunehmen.«

Und ein kraftloser Greis, der seine Füße wie zwei Klumpen schleppte, meinte schließlich mit zitternder Stimme:

»Die Liebe ist die Ruhe des Körpers in den Tiefen der Ewigkeit.«

Hinter ihm stand ein fünfjähriges Kind, das lachte:

»Die Liebe ist mein Vater und meine Mutter, und keiner kennt die Liebe außer ihnen.«

So stellten alle, die vorüberkamen, die Liebe als das Bild ihrer Hoffnungen und Enttäuschungen hin, und sie blieb ein Geheimnis wie zuvor.

Da hörte ich eine Stimme innerhalb des Tempels:

»Das Leben ist in zwei Hälften geteilt, von denen die eine zugefroren ist und die andere in Flammen steht; die brennende Hälfte aber ist die Liebe.«

Daraufhin betrat ich den Tempel, kniete nieder und betete frohen Herzens:

>»O Herr, mache mich zur Nahrung
>der lodernden Flammen...
>Mache mich, o Herr, zur Speise
>des heiligen Feuers... Amen.«

Seziermesser und Betäubungsmittel

»Er übertreibt maßlos und ist fanatisch bis an die Grenzen des Wahnsinns. Obwohl ein Idealist, ist er literarisch dahingehend ausgerichtet, den Verstand der Jugend zu vergiften. Wenn Männer und Frauen Gibrans Ratschläge für die Ehe befolgten, würden alle familiären Bande zerbrechen, die Gesellschaft zugrunde gehen und die Welt ein einziges Inferno werden, bewohnt von Dämonen und Teufeln.

Sein Stil ist von verführerischer Schönheit, verstärkt aber noch die Gefahr, die von diesem unverbesserlichen Feind der Menschheit ausgeht. Unser Rat an die Einwohner des gesegneten Libanon ist, die tückischen Lehren dieses Anarchisten und Ketzers zu verwerfen und seine Bücher zu verbrennen, auf daß seine Grundsätze die Unschuldigen nicht vom rechten Weg abbringen. Wir haben das Buch *Gebrochene Flügel* gelesen und halten es für honigsüßes Gift.«

Solches schreibt man über mich, und mit Recht, denn ich bin tatsächlich ein Fanatiker und zu Zerstörung ebenso aufgelegt wie zu Neuaufbau. In meinem Herzen hasse ich das, was meine Kritiker verherrlichen, und ich

liebe, was sie verwerfen. Und wenn ich gewisse Bräu-
che, Glaubensbekenntnisse und Überlieferungen aus-
reißen könnte, so würde ich es ohne Zögern tun. Wenn
die Leute behaupten, meine Bücher seien Gift, sagen
sie die Wahrheit über sich selbst, denn was ich schreibe,
ist Gift für sie. Doch sie irren, wenn sie meinen, ich
würde Honig beimischen, denn ich verabreiche das Gift
in voller Dosis und gieße es zudem noch aus einem
durchsichtigen Glas. Diejenigen, welche mich einen
Idealisten heißen, der in den Wolken schwebt, sind die
ersten, die sich von dem, was sie Gift nennen, abwen-
den, denn sie wissen, daß ihr Magen es nicht verträgt.
Das mag hart klingen, doch ist Härte nicht dem verfüh-
rerischen Schein vorzuziehen?

Die Menschen des Orients verlangen, daß ein Schrift-
steller einer Biene gleicht, die ständig Honig liefert. Sie
sind gierig nach Honig und ziehen ihn jedem anderen
Nahrungsmittel vor.
Die Menschen des Orients wollen, daß ihr Dichter
brennt wie der Weihrauch vor den Sultanen. Die Himmel des Ostens sind schon krank vor Weihrauch, doch
die Menschen des Orients haben noch nicht genug
davon.
Sie verlangen von der Welt, ihre Geschichte zu studie-
ren, ihre Altertümer, Sitten und Gebräuche kennenzu-
lernen und sich in ihren Sprachen zu üben. Selbst von

denen, die sie nicht kennen, erwarten sie, daß sie die Sätze des Philosophen Baidaba, des Ben Rished, des Ephraim Al-Syriani und des Johannes von Damaskus zitieren.

Kurz, die Menschen des Orients versuchen, ihre Vergangenheit zu rechtfertigen und machen es sich dabei bequem. Sie meiden positives Denken, rechtmäßige Lehren und jegliches Erkennen der Wirklichkeit, das sie aufwecken und aus dem Schlaf reißen könnte.

Der Orient ist krank, doch haben sich die Menschen dort so an seine Gebrechen gewöhnt, daß sie diese als naturgegebene, ja sogar als ehrenhafte Eigenschaften ansehen, die sie von anderen Menschen unterscheiden. Man betrachtet sogar jemanden, der solcher Merkmale entbehrt, als makelhaft und ungeeignet für das göttliche Geschenk der Vollkommenheit.

Es gibt im Orient zahlreiche Ärzte, und sie haben viele Patienten, die, obwohl sie geheilt zu sein scheinen, krank bleiben, denn sie stehen unter dem Einfluß von gesellschaftlichen Betäubungsmitteln. Diese jedoch können die Krankheitssymptome lediglich verschleiern.

Hergestellt werden solche Mittel aus vielerlei Zutaten, doch die Hauptingredienz ist die orientalische Philosophie der Ergebung in das Schicksal (das Werk Gottes). Eine weitere Zutat ist die Feigheit der Ärzte, die befürchten, den Schmerz zu verschlimmern, wenn sie radikale Mittel verordnen.

Hier einige Beispiele für diese gesellschaftlichen Beruhigungsmittel:

Ein Ehepaar findet übereinstimmend, daß der Haß den Platz der Liebe eingenommen hat. Nach lang anhaltender Qual trennt es sich. Sogleich aber treffen sich beider Eltern und arbeiten verschiedene Vereinbarungen für die Versöhnung des entfremdeten Paares aus. Zunächst setzen sie der Frau mit Falschheiten zu, danach bearbeiten sie den Mann mit ähnlicher Tücke. Keiner der beiden ist wirklich überzeugt, doch willigen sie beschämt in den Friedensvorschlag ein. Auf diese Weise kann es nicht lange dauern, daß die Wirkung der gesellschaftlichen Beruhigungsmittel nachläßt und der Schmerz in noch größerem Ausmaß zurückkehrt.

Ein anderes Beispiel: Eine Gruppe oder eine Partei lehnt sich gegen die Gewaltherrschaft einer Regierung auf und tritt für politische Reformen ein, um die Unterdrückten von ihren Fesseln zu befreien. Sie verbreiten Grundsatzerklärungen, halten feurige Reden und veröffentlichen geharnischte Artikel. Doch einen Monat später hört man, daß die Regierung den Anführer entweder ins Gefängnis geworfen hat oder ihn mundtot machte, indem sie ihn in eine wichtige Position erhoben hat. Und danach hört man nichts mehr.

Noch ein Fall: Eine religiöse Sekte lehnt sich gegen

ihren Führer auf, wirft ihm irgendwelche Vergehen vor und droht damit, sich einer anderen Religion zuzuwenden, die menschlicher und frei von Aberglauben sei. Doch bald darauf hört man, daß die Weisen des Landes den Schäfer und seine Herde durch die Verabreichung gesellschaftlicher Betäubungsmittel wieder versöhnt haben.

Sobald sich ein Schwacher über die Unterdrückung durch einen Starken beklagt, wird ihn sein Nachbar beruhigen: »Still! Das Auge des widerspenstigen Sehers vermag dem Stoß des Speeres nicht standzuhalten.«

Zweifelt ein Dorfbewohner die Frömmigkeit des Priesters an, so sagt man ihm: »Achte nur auf seine Predigten und nimm seine Mängel und Missetaten nicht wichtig.«

Wenn ein Lehrer einen Schüler rügt, wird er sagen: »Die Entschuldigungen, welche die faule Jugend erfindet, sind oft schlimmer als ihre Vergehen.«

Wenn eine Tochter es ablehnt, die Gewohnheiten der Mutter zu übernehmen, meint diese: »Die Tochter ist nichts Besseres als die Mutter; sie sollte in ihre Fußstapfen treten.«

Sollte ein junger Mann einen Priester bitten, ihn über einen alten Ritus aufzuklären, wird der Geistliche ihn tadeln: »Mein Sohn, wer auf die Religion nicht mit den Augen des Glaubens blickt, wird nichts als Rauch und Nebel sehen.«

Auf diese Weise ruht der Orient in einem weichen Bett. Der Schläfer erwacht nur für einen Augenblick, wenn ihn ein Floh beißt, dann setzt er seinen Tiefschlaf fort.

Wer immer ihn zu wecken versucht, wird als rohe Person angesehen, die selbst nicht schläft und andere nicht schlafen läßt. Man schließt wieder die Augen und flüstert der Seele zu: »Der da ist ein Ungläubiger, der den Geist der Jugend vergiftet und die seit Jahrhunderten bestehenden Grundmauern untergräbt.«

Oft habe ich mich gefragt, ob ich einer der aufgewachten Rebellen sei, die solche Beruhigungsmittel zurückweisen. Aber meine Seele antwortete in Rätseln. Doch als ich hörte, daß mein Name und meine Grundsätze verunglimpft wurden, war ich sicher, daß ich wach war und mich zu denen zählen konnte, die keine Luftschlösser bauten. Ich wußte, daß ich zu denen gehörte, die tapferen Herzens auf schmalen und dornigen Pfaden gehen, auf denen man – inmitten heulender Wölfe – ebenso auch Blumen finden kann und singende Nachtigallen.

Wäre das Wachsein eine Tugend, so würde mich die Bescheidenheit daran hindern, dafür zu werben. Doch es ist keine Tugend, sondern eine Gegebenheit, die plötzlich denen aufscheint, die stark genug sind, sich zu erheben. Bescheiden zu sein, wenn man die Wahrheit sagt, ist Heuchelei. Leider nennen es die Menschen des Orients Erziehung.

Ich wäre nicht überrascht, wenn die »Denker« von mir behaupten würden: »Er ist ein Mann der Unmäßigkeit, der nur die Schattenseiten des Lebens sieht und nur von Schwermut und Wehklagen berichtet.«

Diesen Leuten sage ich: »Ich bedaure unser orientalisches Bedürfnis, der Wirklichkeit, der Schwäche und der Sorge auszuweichen.

Es betrübt mich, daß mein geliebtes Heimatland nicht vor Freude singt, sondern nur, um zitternde Furcht zu besänftigen.

Wenn man das Böse bekämpfen will, ist Übertreibung nötig; denn wer sich bei der Verkündigung der Wahrheit bescheiden zeigt, weist nur die halbe Wahrheit auf. Die andere Hälfte verbirgt er aus Furcht vor dem Zorn der Menschen.

Ich verabscheue eine verdorbene Gesinnung, vor ihrem Gestank wird mir schlecht; und ich will sie auch nicht mit Süßigkeiten und Likör anbieten.

Jedoch will ich meinen Aufschrei in herzliches Lachen wandeln, Loblieder singen, anstatt Anklageschriften zu verfassen, und Übermaß durch Mäßigung ersetzen, wenn ihr mir einen gerechten Statthalter, einen unbestechlichen Rechtsvertreter und einen religiösen Würdenträger zeigt, der auch tut, was er predigt, und einen Mann, der seine Frau mit denselben Augen ansieht wie sich selbst.

Wenn ihr es vorzieht, daß ich tanze, auf der Trompete

spiele oder die Trommel schlage, dann ladet mich zu einem Hochzeitsfest und führt mich aus dem Friedhof heraus.«

Die Riesen

Wir leben in einer Epoche, in der selbst die bescheidensten Menschen außergewöhnlicher werden als die bedeutendsten Vertreter vergangener Zeiten. Was einst von unserem Geist Besitz ergriff, hat heute keine Bedeutung mehr. Der Schleier der Gleichgültigkeit bedeckt es. Die wunderbaren Träume, die ehedem in unserem Bewußtsein kreisten, sind wie Nebel vergangen. An ihre Stelle sind jetzt Riesen getreten, die wie Stürme voranbrausen, wie Meere toben und wie Vulkane brodeln.

Welches Schicksal werden die Riesen am Ende ihres Kampfes der Welt bescheren?

Wird der Bauer auf sein Feld zurückkehren, um dort zu säen, wo der Tod die Knochen der Verstorbenen eingepflanzt hat?

Wird der Schäfer seine Herde auf den Feldern, die das Schwert abgemäht hat, weiden lassen?

Werden die Schafe aus den Quellen trinken, deren Wasser mit Blut gefärbt ist?

Wird der Fromme in einem entweihten Tempel knien, auf dessen Altar der Satan getanzt hat?

Wird der Dichter unter Sternen, die vom Rauch der Gewehre umnebelt sind, seine Verse schreiben?

Wird der Musiker in einer Nacht, der die Stille gewaltsam geraubt wurde, seine Laute anstimmen?

Wird die Mutter, wenn sie an die Gefahren der Zukunft denkt, an der Wiege ihres Kindes singen können?

Werden sich die Liebenden auf Schlachtfeldern treffen und sich dort küssen, wo noch der Rauch der Bomben weht?

Wird der Frühling wieder zur Erde zurückkehren und ihre Wunden in sein Gewand hüllen?

Was wird das Schicksal eures und meines Landes sein?

Welcher Riese wird die Berge und Täler besetzen, die uns hervorbrachten, uns aufzogen und im Angesicht der Sonne Männer und Frauen aus uns machten?

Wird Syrien weiterhin zwischen dem Lager der Wölfe und dem Stall der Schweine liegen? Oder wird es sich mit dem Sturm in die Höhle des Löwen begeben oder zum Horst des Adlers schweben?

Wird je die Morgenröte einer neuen Zeit über den Bergen des Libanon erscheinen?

Jedesmal, wenn ich allein bin, stelle ich mir diese Fragen. Doch meine Seele ist stumm wie das Schicksal.

Wer von euch denkt nicht Tag und Nacht über das Schicksal der Welt unter der Herrschaft der Riesen nach, die sich an den Tränen der Witwen und Waisen berauschen?

Ich gehöre zu denen, die an das Gesetz der Weiterentwicklung glauben. Ich glaube, daß sowohl vollkommene wie auch gefühllose Wesen einer Entwicklung unterworfen sind und daß Religionen und Regierungen sich zu höheren Ebenen aufschwingen werden.

Das Gesetz der Evolution hat ein strenges und tyrannisches Gesicht, und diejenigen, deren Verstand begrenzt oder ängstlich ist, fürchten sich davor; doch seine Leitlinien sind gerecht, und wer sie erlernt, wird erleuchtet. Durch ihre Vernunft können die Menschen über sich selbst hinauswachsen und das Erhabenste erreichen.

Alle um mich herum sind Zwerge, die zusehen, wie die Riesen auftauchen; und diese Zwerge quaken wie die Frösche:

»Die Welt ist wieder in die Barbarei zurückgefallen. Was Wissenschaft und Bildung hervorgebracht haben, wird von den neuen Primitiven zerstört. Wir ähneln schon prähistorischen Höhlenbewohnern. Nichts unterscheidet uns mehr von ihnen als unsere Vernichtungswerkzeuge und unsere verfeinerten Mordtechniken.«

So sprechen diejenigen, welche das Gewissen der Welt an ihrem eigenen messen. Sie vergleichen den Raum jeder Existenz mit der winzigen Spanne ihres eigenen Seins – als wäre die Sonne nur zu ihrer Erwärmung da und als wäre das Meer nur geschaffen worden, damit sie sich die Füße darin baden können.

Aus dem Innersten des Lebens, aus der Tiefe des Universums, wo die Geheimnisse der Schöpfung verwahrt werden, erheben sich die Riesen wie die Winde, steigen empor wie Wolken und türmen sich auf wie Berge. Und in ihren Kämpfen gelangen uralte Probleme zur Lösung.

Der Mensch jedoch ist bei all seinem Wissen und Können, ungeachtet der Liebe und des Hasses in seinem Herzen und trotz der Qualen, die er erduldet, nur ein Werkzeug in der Hand der Riesen, mit dem sie ihre Ziele erreichen und ihre unvermeidlichen, hohen Absichten verwirklichen können.

Die Ströme von Blut werden dereinst Flüsse voll Wein werden; und die Tränen, welche die Erde benetzten, werden duftende Blumen hervorbringen; und die Seelen, die ihren Aufenthaltsort verlassen haben, werden sich vereinen und am Horizont als ein neuer Morgen erscheinen. Dann wird der Mensch feststellen, daß er Gerechtigkeit und Vernunft auf dem Sklavenmarkt verkauft hat. Er wird verstehen, daß derjenige, der sich für das Recht einsetzt, niemals verlieren wird.

Der Frühling wird kommen, doch wer ihn ohne Hilfe des Winters sucht, wird ihn niemals finden.

Aus der Erde

Zornig und mit Gewalt kommt Erde aus der Erde,
voll Anmut und Erhabenheit geht Erde über Erde.
Aus Erde baut die Erde Paläste, richtet Türme auf
und Tempel,
und Erde webt auf Erden die Geschichten, Thesen und
Gesetze.

Dann wird die Erde ihrer Taten müde,
der Gloriolen, Träume, Phantasien.

Und ihre Augen sind getäuscht vom Erdenschlummer
zu langer Ruh.
Die Erde ruft der Erde zu:
»Ich bin der Schoß und bin das Grab und werde
Schoß und Grabstatt bleiben, bis die Planeten
nicht mehr sind und die Sonne sich zu Asche wandelt!«

O Nacht

O Nacht der Liebenden, die du Dichter und Sänger
beflügelst,
o Nacht der Phantome, der Geister und Wahngebilde,
o Nacht des Verlangens, der Hoffnung und der Erinnerung.
Du gleichst einem Riesen, der die Wolken des Abends
klein macht
und hoch über die Morgenröte ragt.
Mit dem Schwerte der Angst bist du bewaffnet,
die Strahlen des Mondes krönen dich,
und Ruhe und Stille hüllen dich ein.

Mit tausend Augen durchdringst du die Tiefe
des Lebens,
Mit tausend Ohren hörst du des Todes
und Nicht-Seins Gejammer.
Das Licht des Himmels scheint durch dein Dunkel,
Denn Tag ist ein Licht, das mit
der Erde Dunkelheit uns erdrückt.
Du öffnest unsre Augen in Ehrfurcht vor der Ewigkeit
und gibst uns Hoffnung,

Denn der Tag ist eine Täuschung, die uns
durch Maß und Menge blind sein läßt.
Du bist vollkommne Stille und enthüllest die Geheimnisse
der Geister, die im Himmel wachen.
Der Tag ist nur ein Aufruhr, der die Seelen rüttelt, so
daß
sie zwischen Sinn- und Wundervollem schweben.
Du bist Gerechtigkeit, die an den Ort des Schlummers
die Träume der Geschwächten bringt, auf daß sie sich
vereinen
mit der Hoffnung auf die Kraft.

Ein gnäd'ger Herrscher bist du, der mit Zauberhänden
die Augen der Betrübten schließt
und ihre müden Herzen in freundlichere Reiche führt.

Der Geist der Liebe findet Zuflucht
in den Falten deines Kleides,
Und auf deine taubenetzten Füße gießen
Verlass'ne und Verlor'ne ihre Tränen.

In deiner flachen Hand, in der der Duft
der Täler liegt, findet der Fremdling Linderung
für sein Verlangen.

Die Liebenden begleitest du, schenkst den Betrübten
Trost. Du schützt den Fremden und auch den
Verlass'nen.
In deinem Schatten ruht des Dichters Sinnen
und wacht das Herz der Seher auf.
Und unter deiner Krone nimmt
des Denkers Weisheit Formen an.
Du regst die Dichter an, und den Propheten schenkst du
Offenbarungen; du lehrst die Philosophen.

Wenn meine Seele der Menschheit müde ist,
wenn meine Augen des Tages Antlitz nicht mehr sehen
wollen,
zieh ich dorthin, wo der vergang'nen Zeiten
stumme Schatten schlafen.

Da halte ich vor einer düsteren Versammlung inne,
die tausendfüßig auf die Erde tritt
und sie erzittern läßt.

Da blicke ich dem Schatten in die Augen und
vernehme das Rauschen unsichtbarer Schwingen; ich
fühle
den sanften Schwung des dichten Kleids der Stille
und bleibe standhaft vor den Schrecken schwarzen
Dunkels.

Da seh ich doch, o Nacht, schrecklich und schön,
wie du mit Nebel dich umgibst und zwischen Erd und
Himmel schwebst; und eine Wolke hüllt dich ein, und
du
verlachst die Sonne, hast Spott nur für den Tag, ver-
höhnst
die Sklaven, die schlaflos ihren Göttern opfern.

Ich sehe, daß voll Zorn du auf gekrönte Häupter blickst,
wie sie in samt- und seid'nen Betten schlafen.

Ich sehe, wie die Diebe vor deinem wachen Blicke fliehn
und wie die Kinder du im Schlaf bewachst.
Ich seh dich über das gequälte Lachen einer Dirne
weinen
und über Tränen von Verliebten lächeln.
Ich seh, wie deine rechte Hand das Gute aufhebt und
wie dein Fuß das Böse in den Boden stampft.

Ich sehe dich, und du siehst mich, o Nacht.
Trotz deiner Schrecklichkeit bist du mir wie ein Vater,
und ich
seh mich in meinen Träumen als dein Sohn.

Der Wall des Argwohns zwischen uns
ist weggeräumt, und du enthüllst mir
deinen Plan und dein Geheimnis;

und ich eröffne dir mein Hoffen und mein Wünschen
Dein Schrecken hat sich in ein Lied gewandelt,
das süßer als der Blumen Duft mein Herz erfüllt.

Die Ängste sind geschwunden, und ich
bin ruhiger als die Vögel.
Du hast mich hochgehoben und hältst mich
in den Armen. Du lehrtest mich zu sehen und
zu hören. Die Lippen lehrtest du zu sprechen
und meinem Herzen, das zu lieben, was die andern
hassen,
und das zu hassen, was die andren lieben.

Mit sanfter Hand berührst du
die Gedanken; und mein Inn'res fließt
wie ein gewalt'ger Strom.

Mit heißen Lippen küßt du
meine Seele,
und einer Fackel gleich entflammst du sie.

Ich habe dich begleitet, Nacht, und folgte dir,
bis wir Verwandte wurden.

Ich liebte dich, bis daß mein Sein
ein Spiegelbild von deinem Wesen ward.

Ins dunkle Selbst haben die Gefühle
glitzernde Sterne gestreut,
den Zug der Träume erhellt ein Mond
in meinem Herzen.
In meiner Seele ohne Schlaf enthüllt die Stille
der Liebenden Geheimnis,
und das Gebet der Frommen gibt sie wie ein Echo
wieder.
Mein Gesicht trägt eine Zaubermaske, die
von des Todes Qual zerrissen und
von der Jugend Lied wiederbelebt wird.
In jeder Weise sind wir uns gleich, o Nacht.

Wird man mich für einen Prahler halten, wenn ich mich
mit dir vergleiche?
Prahlt der Mensch nicht auch damit, daß er dem Tage
ähnlich sei?
Ich bin wie du, o Nacht; und wir sind beide angeklagt,
etwas zu sein, was wir nicht sind.
Ich bin wie du, auch wenn die Dämmerung mich nicht
mit ihren gold'nen Wolken krönt.
Ich bin wie du, auch wenn der Morgen nicht mein Kleid
mit ros'gen Strahlen ziert.
Ich bin wie du, auch wenn ich nicht
in der Galaxis treibe.
Ich bin die Nacht: unendlich, still. Meinem Dunkel
ist kein Anfang, meiner Tiefe ist kein End!

Wenn die Seelen sich
ins Licht der Freude heben, steigt auch meine Seele auf,
verklärt vom Dunkel ihres Grams.
Ich bin wie du, o Nacht! Und wenn mein Morgen naht,
hat meine Zeit ein End.

Erde

Wie schön bist du, Erde, und wie erhaben!
In deiner Vollendung gehorchst du dem Licht
und unterwirfst dich mit Würde der Sonne!

Wie lieblich bist du, wenn dich die Schatten umhüllen,
dein Antlitz entzückt uns, wenn Dunkelheit es vor uns
verhüllt!

Wie sanft ist das Lied deines Morgens,
wie streng der Gesang deiner Nacht!
Wie vollkommen bist du, o Erde, und wie erhaben!

Ich hab deine Eb'nen durchwandert und deine felsigen
Berge erklommen. In deine Täler stieg ich hinab
und fand den Eingang zu deinen Höhlen.
Deine Träume entdeckte ich in der Ebene, auf dem
Berg
deinen Stolz und im Tal deine Ruhe.
In den Felsen sah ich deine Entschlossenheit, und
in den Höhlen spürte ich dein Geheimnis.

Du bist schwach und bist stark, bescheiden und auch stolz.

Du bist biegsam und bist starr, sichtbar, aber auch verhüllt.

Ich habe deine Meere befahren und deine Flüsse erkundet,

ich bin dem Lauf deiner Bäche gefolgt.

Durch Flut und Ebbe vernahm ich den Gesang der Ewigkeit,

von deinen Hügeln klang das Echo deiner Lieder aus vergang'ner Zeit.

In deinen Bergen und an deinen Hängen hört ich das Leben

nach dem Leben rufen.

Dein Frühling weckte mich und führte mich auf deine Felder,

wo gleich dem Weihrauch voller Duft dein Atem schwebt.

Ich hab die Fülle deines Sommers wahrgenommen

und sah dein Blut als Wein im Herbste fließen.

Dein Winter trug mich in dein Bett, in dem der Schnee

von deiner Reinheit kündete.

Im Frühling bist du duftende Essenz, im Sommer gnadenreich,

im Herbst die Quelle aller Fülle.

In einer ruhigen, klaren Nacht stieß ich die Fenster
und die Türen meiner Seele auf und trat hinaus, um
dich zu seh'n;
mein Herz schlug schnell vor Wonne und Verlangen.
Ich sah dich zu den Sternen blicken; sie lächelten
auf dich herab. Da warf ich meine Fesseln fort, denn
nun ward mir bewußt: der Seele Wohnstatt liegt
in deinem Raum.
Und ihre Wünsche wachsen mit den deinen, ihr
Friede
liegt in deinem Frieden, ihr Glück in jenem gold'nen
Staub,
den dir die Sterne auf den Körper streuen.

Nach einer dunklen Nacht, als schon der Morgen
graute
und meine Seele furchtsam war und müd, trat ich zu
dir hinaus.
Und du erschienst mir wie ein Riese, bewaffnet mit
den Stürmen,
in denen Gegenwart mit dem Vergang'nen kämpft,
und die das Alte mit dem Neuen tauschen,
das Schwache mit dem Starken wechseln.

So lernte ich, daß das Gesetz der Menschen
auch dein Gesetz ist,
daß der, dess' dürre Äste

nicht im Sturme brechen, ermattet sterben wird,
und der, der sich nicht auflehnt, um seine trock'nen
Blätter
abzustreifen, langsam zugrunde geht.

Wie gebefreudig bist du, Erde, und wie sehr
sehnst du dich nach deinen Kindern, die zwischen dem
verloren sind,
was sie erhalten haben, und dem, was sie nicht haben
können.
Wir klagen, und du lächelst; wir fliehen,
doch du bleibst!
Wir fluchen, und du segnest,
wir schänden, und du heiligst.
Wir schlafen ohne Träume, jedoch du
träumst in ewigem Erwachen.

Mit Schwert und Speer durchbohr'n wir deine Brust,
Du aber pflegst mit Öl und Balsam uns're Wunden.
Wir pflanzen deinen Feldern Knochen und auch Schä-
del ein,
du läßt daraus Zypressen
und die Weidenbäume wachsen.

Wir leeren unsern Abfall auf dein Antlitz,
du füllst mit Weizengarben uns're Scheunen
und mit Trauben uns're Keltern.

Wir rauben dir die Elemente, um Bomben
und Kanonen zu erzeugen, du aber schaffst aus unserm
Stoff
nur Lilien und Rosen.

Wie duldsam bist du, Erde, und wie gnädig!
Bist du ein Staubkorn, das der Fuß des ew'gen Gottes
hochwarf, als er vom Osten her zum Westen seines
Universums ging?
Bist du ein Funke, den die Ewigkeit
aus ihrem Herde warf?
Bist du die Saat, die auf das Feld des Himmels fiel,
um Gottes Baum zu werden und mit
starken Zweigen das Firmament zu überragen?
Bist du ein Tropfen Blut
in eines Riesen Adern, ein Tropfen Schweiß
auf seiner Stirn?

Bist du die Frucht, die in der Sonne reift?
Wächst du am Baum des absoluten Wissens,
der Wurzeln hat, die sich zur Ewigkeit erstrecken,
und dessen Äste bis zur Unendlichkeit sich schwingen.

Bist du ein Edelstein, den einst der Gott der Zeit
dem Gott des Raumes in die Hand gelegt?

Wer bist du, Erde, und was bist du wohl?
Du bist Ich, o Erde!

Du bist mein Sehvermögen, meine Urteilskraft,
du bist mein Wissen und mein Traum,
mein Hunger und mein Durst bist du
und meine Freude wie auch meine Not.
Du bist mein Irrtum und bist meine Achtsamkeit,
die Schönheit, die in meinem Auge lebt,
bist das Verlangen meines Herzens
und meiner Seele ew'ges Leben.

Du bist Ich, o Erde.
Und wärest du nicht für mich da,
so würdest du nicht sein.

Vollkommenheit

Du fragst mich, mein Bruder, wann wohl der Mensch
vollkommen sein wird. Hier ist die Antwort:
Er ist dann dem Vollkommnen nahe, wenn er spürt,
daß er ein Raum ohne Grenzen ist und ein Meer
ohne Gestade,
ein ewig brennendes Feuer,
ein unlöschbares Licht,
ein sanfter Wind, ein tobender Sturm,
ein Himmel voll Donner und Regen,
ein singender Fluß, ein klagender Bach,
ein Baum, der den Frühling erblickt,
oder ein nackter Schößling im Herbst,
ein Berg, der hoch sich erhebt, oder ein sinkendes Tal,
eine fruchtbare Ebene oder ein wüstes Land.

Wenn der Mensch all dieses fühlt, ist er auf
halbem Wege zur Vollkommenheit. Um sein Ziel auch
zu erreichen, muß er verstehen,
daß er ein Kind ist, das von der Mutter abhängt,
ein Vater, der für die Familie steht,
ein Jüngling, der in Liebe sich verzehrt,

ein Greis, der mit vergang'nen Zeiten ringt,
ein Betender in seiner Kirche,
ein Missetäter im Gefängnis,
ein kluger Mann inmitten seiner Bücher,
die Seele ohne Wissen, die in der Dunkelheit der Nacht
und in der Düsternis des Tages stolpert,
die Nonne, die ihr Leid trägt inmitten
der Blumen ihres Glaubens und der Disteln ihrer Einsamkeit,
die Dirne in den Krallen ihrer Schwachheit
und in den Klauen der Bedürfnisse,
ein Armer in der Falle seiner Bitterkeit und Unterwer-
fung,
ein Reicher im Konflikt von Gier und Ehrenhaftigkeit,
ein Dichter in den Nebeln seiner Abenddämmerung
und in den Strahlen seiner Morgenröte.

Wer alles dies erfahren hat und sehen und verstehen
lernt,
der kann Vollkommenheit erreichen und wird imstande
sein,
ein Schatten von Gottes Schatten selbst zu werden.

Gestern, heute, morgen

Ich sprach zu meinem Freund:
» Siehst du, wie sie sich an seinen Arm lehnt?
Gestern noch lehnte sie sich an meinen.«
Und er sagte:
» Und morgen wird sie sich an meinen lehnen.«
Und ich sprach:
» Schau, wie sie an seiner Seite sitzt;
gestern noch saß sie an meiner.«
Und er sagte:
» Und morgen wird sie an meiner Seite sitzen.«
Und ich sprach:
» Siehst du nicht, wie sie aus seinem Becher trinkt?
Noch gestern trank sie aus dem meinen.«
Und er sagte:
» Und morgen wird es meiner sein.«
Und ich sprach:
» Sieh, wie sie ihn mit Augen voll Liebe anblickt!
Mit ebensolchen Augen blickte sie gestern mich an.«
Und er sagte:
» Und morgen wird sie mich ebenso ansehen.«
Und ich sprach:

»Hör nur, wie sie ihm Liebeslieder ins Ohr flüstert.
Gestern flüsterte sie dieselben Lieder mir ins Ohr.«
Und er sagte:
»Und sie wird sie morgen in meines flüstern.«
Und ich sprach:
»Schau, wie sie ihn umarmt; gestern noch
umarmte sie mich.«
Und er sagte:
»Morgen wird sie mich umarmen.«
Und ich sprach:
»Was für eine sonderbare Frau sie doch ist!«
Und er sagte:
»Sie ist das Leben.«

Die Geschichte eines Freundes

I

Ich kannte ihn als einen Jüngling, der verloren schien auf den Pfaden des Lebens. Er war angetrieben von wildem Verlangen, und indem er seine Wünsche zu erfüllen suchte, folgte er dem Tod. Ich kannte ihn als eine zarte Blume, die von der Tollkühnheit zum Meer der Lüsternheit getragen wurde.

Ich wußte, daß er im Dorf als krankhaft veranlagtes Kind galt, das mit grausamer Hand die Nester der Vögel zerstörte, ihre Jungen tötete und die schönen Köpfe der duftenden Blumen mit seinen Füßen zertrampelte.

Ich wußte, daß er während seiner Schulzeit ein Knabe war, der das Lernen verabscheute und als ein Feind des Friedens angesehen wurde.

Ich wußte, daß er als junger Mann in der Stadt die Ehre seines Vaters in Verruf brachte, sein Geld in lasterhaften Häusern verpraßte und sich seinen Verstand vom Weine umnebeln ließ.

Aber dennoch liebte ich ihn; und meine Liebe zu ihm war eine Mischung aus Trauer und Zuneigung. Ich liebte ihn, weil seine Sünden nicht einem beschränkten

Geist entsprangen, sondern eher die Taten einer verlo-
renen und verzweifelten Seele waren.

Der Geist, mein geliebtes Volk, irrt ungern vom Pfad der
Weisheit ab, und er kehrt bereitwillig auf ihn zurück;
aber wenn die Stürme der Jugend Sand und Staub
aufwirbeln, sind die Augen oft für eine Weile blind.

Ich liebte diesen Jüngling, denn ich sah, wie die Taube
seines Gewissens mit dem Falken seiner bösen Veranla-
gung kämpfte. Und ich sah, daß die Taube nicht aus
Angst unterlag, sondern wegen der Stärke ihres Feindes.

Das Gewissen ist ein gerechter, aber ein schwacher
Richter. Diese Schwäche veranlaßt es, sein Urteil ohne
Kraft auszuführen.

Ich sagte, daß ich ihn liebte. Und Liebe erscheint in
vielerlei Gestalten: einmal als Weisheit, ein anderes
Mal als Gerechtigkeit und oftmals als Hoffnung. Meine
Liebe zu ihm wurde durch die Hoffnung, daß das Licht
in ihm über die Dunkelheit triumphieren möge, aufrechterhalten. Doch ich wußte nicht, wann und wo das
Dunkel seiner Seele sich in Reinheit kehren würde,
seine Grausamkeit in Sanftmut und sein Leichtsinn in
Weisheit. Der Mensch weiß nicht, auf welche Weise
sich seine Seele von der Knechtschaft des Materiellen
befreit, bis zu dem Tag, an dem sie frei wird. Erst beim
Anbruch der Morgendämmerung weiß er, wie die Blumen lächeln.

II

Tage und Nächte vergingen, und ich gedachte voll Trauer des Jünglings. Ich wiederholte seinen Namen mit einer Innigkeit, die mein Herz bluten ließ. Gestern aber kam ein Brief von ihm, in dem stand geschrieben: »Komm zu mir, mein Freund, denn ich möchte dich mit einem jungen Mann zusammenbringen, dessen Bekanntschaft dein Herz erfreuen und deine Seele erquikken wird.«

Ich sagte: »Ach! Hat er die Absicht, seine traurige Freundschaft jemandem angedeihen zu lassen, der ihm gleicht? Ist er nicht schon allein ein hinreichendes Beispiel für die Welt des Irrtums und der Sünde? Will er seine Missetaten jetzt mit einem Gefährten weitertreiben, so daß ich sie in doppelter Schwärze sehe?«

Aber ich sagte mir: »Ich muß hingehen. Vielleicht läßt die weise Seele an Brombeersträuchern Feigen reifen, und das liebende Herz filtert Licht aus der Dunkelheit.« Als die Nacht kam, fand ich ihn allein in seinem Zimmer, ein Buch mit Gedichten lesend. »Wo ist dein neuer Freund?« fragte ich, und er antwortete: »Hier ist er« und deutete auf sich. Er zeigte eine Ruhe, wie ich sie noch nie zuvor an ihm gesehen hatte. In seinen Augen konnte ich ein strahlendes Licht wahrnehmen, das mir bis ins Herz drang. Diese Augen, in denen ich einst Grausamkeit gesehen hatte, leuchteten jetzt voll Güte. Und er sprach mit einer mir bislang unbekannten

Stimme: »Der Jüngling, den du während seiner Kindheit kanntest und mit dem du in die Schule gingst, ist tot. Und bei seinem Tode wurde ich geboren. Ich bin dein neuer Freund, nimm meine Hand.«

Als ich sie ergriff, spürte ich die Anwesenheit eines sanften Geistes, der seine Adern durchpulste. Seine einst eiserne Hand war sanft und freundlich geworden. Und die Finger, die gestern noch wie die Pranken eines Tigers zuschlugen, streichelten heute das Herz.

Daraufhin sagte ich: »Wer bist du, und was ist geschehen? Wie bist du der geworden, der du jetzt bist? Ist der Heilige Geist in dein Herz getreten und hat deine Seele gesegnet? Oder spielst du nur eine Rolle, welche die Erfindung eines Dichters ist?«

Er aber sprach: »Ja, mein Freund, der Geist stieg herab und segnete mich. Eine große Liebe hat aus meinem Herzen einen Altar gemacht. Es ist eine Frau, mein Freund, eine Frau, von der ich gestern noch dachte, sie sei nur ein Spielzeug in der Hand des Mannes. Sie hat mich aus der Dunkelheit der Hölle erlöst und mir die Tore des Paradieses geöffnet – und ich bin eingetreten. Eine wahrhaftige Frau hat mich an den Jordan ihrer Liebe geführt und hat mich getauft. Die Frau, deren Schwester ich aus Dummheit verachtete, hat mich auf den Thron der Herrlichkeit gehoben. Die Frau, deren Freundschaft ich mit meiner Schlechtigkeit in den Schmutz zog, hat mein Herz mit ihrer Liebe gereinigt.

Die Frau, deren Wesensart ich mit meines Vaters Gold versklavte, hat mich mit ihrer Schönheit befreit. Die Frau, die durch die Stärke ihres Willens Adam aus dem Paradies trieb, hat durch ihre Zärtlichkeit und meine Bereitschaft mich in dieses Paradies zurückgeführt.«

AUSGEWÄHLTE TEXTE

SÖREN KIERKEGAARD 11037

LEONARD BERNSTEIN 11038

AUGUSTINUS 11039

THORWALD DETHLEFSEN 11035

DIE VÄTER DER REPUBLIK 11048

FRANZ VON ASSISI 11047

JEAN-JACQUES ROUSSEAU 11043

SCHÖPFUNGSMYTHEN 11034

ERASMUS VON ROTTERDAM 8434

GOLDMANN

AUSGEWÄHLTE TEXTE

ALBERT EINSTEIN 8436

RALPH WALDO EMERSON 8441

FRIEDRICH DER GROSSE 8438

MAHATMA GANDHI 6577

JEAN GEBSER 11020

KHALIL GIBRAN 8432

WERNER HEISENBERG 11021

MARTIN LUTHER KING 8431

KONFUZIUS 8442

AUSGEWÄHLTE TEXTE

Seneca
11046

Michail S.
Gorbatschow   11051

Maria Montessori
11050

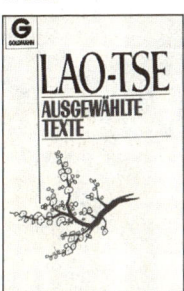

Lao-Tse
8435

Nelson Mandela
8439

Meister Eckhart
11024

Prentice Mulford
11023

Rama Krishna
8437

A.D. Sacharow
8440

GOLDMANN

Literatur bei Goldmann

Tschingis Aitmatov
Jorge Amado
Madison Smartt Bell
Paul Bowles
André Brink
Bruce Chatwin
Robertson Davies
Joan Didion
Hilda Doolittle
Ingeborg Drewitz
Hans Eppendorfer
John Fante
E. M. Forster
William Golding
Joseph Heller
Stefan Heym
Alice Hoffman
Tama Janowitz
Nikos Kazantzakis
Walter Kempowski
Ken Kesey
Pavel Kohout
Stanisław Jerzy Lec
Henry Miller
Yukio Mishima
Marcel Pagnol
Valentin Rasputin
Gregor von Rezzori
Jaroslav Seifert
Walter Serner
Jean-Philippe Toussaint
Peter Ustinov
Kurt Vonnegut
Alice Walker
Edward Whittemore

GOLDMANN